www.ingramcontent.com/pod-product-compliance
Lightning Source LLC
LaVergne TN
LVHW010822051026
849532LV00007B/2601

نایاب اردو افسانے

(حصہ: 3)

مرتبہ:

فاروق ارگلی

Naayaab Urdu Afsane - Part:3 *(Short Stories Anthology)*
by: Farooq Argali
Edition: May '2025
Publisher :
Taemeer Publications LLC (Michigan, USA / Hyderabad, India)

ISBN 978-93-6908-773-0
9 789369 087730

کتاب	:	**نایاب اردو افسانے** (حصہ:3)
مرتب	:	**فاروق ارگلی**
صنف	:	فکشن
ناشر	:	تعمیر پبلی کیشنز (حیدرآباد، انڈیا)
سالِ اشاعت	:	۲۰۲۵ء
صفحات	:	۱۱۴
سرورق ڈیزائن	:	تعمیر ویب ڈیزائن

فہرست

حیات اللہ انصاری

آخری کوشش

ٹکٹ بابو نے گیٹ پر گھسیٹے کو روک کر کہا:

''ٹکٹ!''

گھسیٹے نے گھگھیا کر بابو کی طرف دیکھا۔ انہوں نے ماں کی گالی دے کر اسے پھاٹک کے باہر ڈھکیل دیا۔ ایسے بھک منگوں کے ساتھ جب وہ بلا ٹکٹ سفر کریں اور کیا ہی کیا جاسکتا ہے؟

گھسیٹے نے اسٹیشن سے باہر نکل کر اطمینان کی سانس لی کہ خدا خدا کر کے سفر ختم ہوگیا۔ راستہ بھر ٹکٹ بابوؤں کی گالیاں سُنیں، ٹھوکریں سہیں۔ بیسیوں بار ریل سے اتارا گیا۔ ایک اسٹیشن سے دوسرے اسٹیشن پیدل بھی چلنا پڑا، ایک دن کے سفر میں بائیس دن لگے مگر ان باتوں سے کیا؟ کسی نہ کسی طرح وطن تو پہنچ گئے ____ وطن پچیس برس کے بعد وطن۔ ہاں پچیس ہی برس تو ہوئے جب میں کلکتہ پہنچا تو کالی مل کھلی تھی اور اب لوگ کہتے ہیں کہ اس کو کھلے پچیس برس سے زیادہ ہوگئے۔ آگئے وطن۔ ہاں اب فاصلہ ہی کیا ہے۔ اگر یاد غلطی نہیں کرتی تو دو کوس کا کچا راستہ اور ____ دو گھنٹے کی بات۔

اپنا گھر! اپنے لوگ! وہ نعمتیں جن کا پچیس سال سے مزا نہیں چکھا۔ کلکتہ میں گھر کے نام کو سڑک تھی یا دکانوں کے تختے یا پھر شہروں سے میلوں دور ٹھیکے داروں کی جھونپڑیاں جس کی زمین پر اتنے آدمی ہوتے تھے کہ کروٹ لینے بھر تک کی جگہ نہ ملتی تھی۔ رہے اپنے لوگ سو وہاں اپنا کون تھا؟ سب غرض کے بندے، بے ایمان، حرام زادے، ایک وہ سالا تھا بھوندو اور دوسرا تھا بھورا اور وہ ڈائن بھنگوی جو خونچے کی ساری آمدنی کھا گئی، وہ ملوں کے مزدور۔ بھائی ہیں بھائی ہیں، مگر مزدوری کا موقع آیا کہ ہر ایک کو اپنی اپنی پڑگئی۔ جہاں جاؤ کوئی دوسرا مزدور سفارش لئے موجود۔

یہاں سفارش کرنے والا کون تھا؟______جب جیلر نے آکر مجھے حکم سنایا کہ "تیری میعاد ختم" تو آنکھوں سے نہ جانے کیوں آنسو نکل آئے۔ بس ایک دم سے گھر کی یاد آگئی۔ گھر! کیا چیز ہے؟

گھسیٹے کو یقین تھا کہ پچیس سال کی تھکی ماندی آتما کو گھر پہنچتے ہی سکھ مل جائے گا۔ اور اب گھر قریب تھا۔

اسٹیشن سے کچھ دور آکر گھسیٹے بھونچکا رہ گیا۔ یہاں کی دنیا اب اور تھی۔ کھیتوں اور باغوں کی جگہ ایک شکر مل کھڑی دھواں اڑا رہی تھی۔ جس کی عمارتیں یہاں سے وہاں تک نظر آتی تھیں۔ کچی سڑک کی جگہ اب پکی سڑک تھی اور اس کے برابر مل تک ریل کی پٹریاں بچھی ہوئی تھی۔ سڑک خوب آباد تھی۔ مزدوروں کے بہت سے چھوٹے چھوٹے غول آ جا رہے تھے۔ اتنی دیر میں کئی موٹریں فراٹے بھرتی نکل گئی تھیں۔ ایک مال گاڑی چھک چھک کرتی جا رہی تھی۔ غرض کہ جغرافیہ اتنا بدل گیا تھا کہ راستہ پہچاننا بس سے باہر تھا لیکن پھر بھی گھسیٹے کا دل اس بات پر راضی نہ ہوا کہ میں اپنے اسٹیشن پر اتر کر اپنے ہی قصبہ کا راستہ پوچھوں۔ یہ آپ ہی آپ ایک طرف مڑ گیا۔ تھوڑی دور آکر جب شکر مل کی حدیں ختم ہونے لگیں، اور اودکھ کے کھیت اور باغوں کا سلسلہ آگیا تب اس کے دل نے دھڑک کر کہا میرا راستہ ٹھیک ہے۔

ڈیڑھ کوس چلنے کے بعد اپنے قصبہ کی تاڑ دکھائی دینے لگے۔ ذرا اور چل کر شاہی زمانے کی ایک ٹوٹی ہوئی مسجد ملی جس کا ایک مینار تو ناچتی ہوئی بیلوں سے منڈھا ہوا اور جنگلی کبوتروں سے آباد تھا اور دوسرا تقریباً مسلم زمین پر لیٹا کائی کی مخملیں چادر اوڑھے تھا۔ اس پر نظر پڑنا تھی کہ بچپن کی بہت سی چھوٹی چھوٹی یادیں جو کب کی بھول چلی تھیں، پچیس برسوں کے بھاری بوجھ کے نیچے ایک دم پھڑ پھڑا کر تڑپ کر نکل آئیں اور کم سن دیہاتی چھوکریوں کی طرح سامنے اچکنے کودنے لگیں وہ زمانے آنکھوں کے سامنے پھر گیا جب اس مسجد کے گرد پانی بھر جاتا اور گاؤں بھر کے لونڈے ننگے اس میں نہاتے تھے۔ اس وقت بھی یہ کھڑا مینار یوں ہی کھڑا تھا اور لیٹا مینار یوں ہی لیٹا تھا۔

آگے چل کر برگد کا درخت ملا۔ یہ وہ جگہ تھی جہاں ہیرا، بفاتی، بلاتی، تینو، نیولا، سورج، بلی

اور وہ کنوا سالا کیا نام تھا اس کا اور کون کون ساری کی ساری ٹولی جمع ہوتی تھی اور دن دن بھر سیار مار ڈنڈا اڑا کرتا تھا۔ وہ گڑھیا کے اس پار امرود کا ایک باغ تھا۔ اس پر کبھی کبھی لونڈا اڈا کہ پڑتا تھا۔ لونڈے گھس گئے اور چپکے چپکے کچے پکے امرود نوچ نوچ کر جیبوں میں بھرنے لگے اور رکھوالا ماں بہن کی سُناتا دوڑا اور ادھر آناً فاناً میں سب ہوا ہو گئے۔ ایک بار ایسا ہوا کہ لونڈے امرود کھسوٹ رہ تھے کہ ادھر سے ایک فقیرنی آنکلی جو منمنا منمنا کر گا رہی تھی کچھ لونڈوں کو سوجھی شرارت وہ چڑیل چڑیل چلاّ کر بھاگے۔ پھر کیا تھا۔ سب سر پر پاؤں رکھ کر بھاگے۔ بلاقی رہ گیا۔ ارے ڈر کے مارے اس کی جو گھگھی بندھی ہے اور جو لگا ہے فقیرنی کے سامنے ہاتھ جوڑنے............

گھسیٹے یہ یاد کر کے بے اختیار ہنس پڑا

سورج دن بھر کا سفر طے کر کے افق کے قریب پہنچ چکا تھا۔ دھوپ میں ملائمت آ گئی تھی اور ہوا میں خوش گوار خنکی۔ راستے کے ایک طرف پتاور کے ہرے بھرے جھنڈ تھے جن کے بیچ بیچ سے بوڑھی سرکیاں سروں کو نکالے جوانوں کی طرح کھڑی ہونے کی کوشش کر رہی تھیں۔ دوسری طرف آسمان کے کنارے تک کھیتوں اور امرود کے باغوں کا سلسلہ چلا گیا تھا۔ بسیرا لینے والی میناؤں اور کوؤں کا شور کھیتوں سے واپس آنے والے بیلوں کی گھنٹیاں، ہلواہوں کی ہٹ ہٹ! باغوں کے رکھوالوں کی ہوہو، ان سب سے ہوا اسی طرح بسی ہوئی تھی، جیسے پتاوروں کی بھینی بھینی میٹھی خوشبو سے معلوم ہوتا تھا کہ ساری دنیا ایک بہت بڑا گھر ہے جس کے رہنے والے یعنی کھیت، درخت، ہوا آنے والی صدائیں اور خوشبو، سب قریبی رشتہ دار ہیں اور خوشی خوشی مل جل کر رہتے ہیں۔

کسانوں کا ایک جتھا کھیتوں سے واپس آتا ہوا ملا۔ آگے آگے ایک لڑکی پھٹی اوڑھنی سر سے لپیٹے گاتی چلی جا رہی تھی۔ اس کے پیچھے ہلوں کو کندھے پر رکھے، بیلوں کو ہنکاتے چھ سات مرد تھے ان لوگوں نے پھٹے حال گھسیٹے کی طرف توجہ نہ کی۔ مگر جیسے ہی گھسیٹے کی ان میں سے ایک شخص سے نگاہ ملی۔ وہ بے اختیار مسکرا دیا جیسے کوئی دور دراز سفر سے آنے والا اپنے عزیزوں

کو دیکھ کر مسکرا دیتا ہے۔

ادھر سورج افق میں چھپا اور ادھر قصبہ آگیا۔ اس کا نشان ایک اکل کھرا تاڑ تھا جس سے کچھ دور ہٹ کر آم کے دو چار بوڑھے درخت شام کا دھندلکا اوڑھے کسی یاد میں کھوئے کھڑے تھے۔ اس مقام اسے ایک بہت رومان بھری یاد انگڑائی لے کر اٹھی اور گھسیٹے کے پاؤں تھام لئے۔ وہ بلا ارادہ کھڑا ہو گیا۔ وہ سامنے کی جھاڑی اور گڑھیا' یہیں دلاری سے چھپ چھپ کر ملتے تھے۔ وہ بھرے جسم کی جھمنا ایسی دلاری جس کے نہ روٹھنے کا ٹھیک پتہ چلتا تھا اور ملنے کا۔ وہاں بیٹھ کر کر وہ دلاری کا انتظار کرتا تھا، تو دل میں کیا کیا نقشے بنتے تھے شہر جاؤں گا، نوکری کروں گا۔ دونوں وقت چنے چباؤں گا مگر روپیہ جوڑ جوڑ کر رکھوں گا۔ پھر جو ڈھائی سو روپیہ ہو جائے گا تو واپس آؤں گا اور ہیرالال کی طرح ایک دم سے ایک گوئی بیل لے کر کھیتی شروع کروں گا۔ اسی قت دلاری میری کتنی خوشامدیں کرے گی۔ میں تو کم سے کم دو مہینے تک اس سے بات بھی نہ کروں گا۔ بس اس جگہ ٹہلنے آجایا کروں گا۔ وہ آئے گی ضرور' وہاں درخت کی جڑ پر بیٹھ گڑھیا میں ڈھیلے پھینکے گی، گنگنائے گی۔ میری طرف کن انکھیوں سے دیکھ دیکھ کر ہنسے گی ــــــ بڑی چڑیل تھی نہ جانے اب کہاں ہے؟

گھسیٹے درختوں کے اندر گھس کر دیکھنے لگا کہ پرانی گڑھیا اب تک ہے؟ ہاں ہے تو اور وہ سامنے جمنی کا درخت بھی ہے جس کی جڑ پر وہ بیٹھتی تھی کیا زمانہ تھا!

گھسیٹے درختوں سے نکل کر سڑک پر آگیا اور قصبے کے اندر چلا۔ مگر اب اس کی چال دھیمی تھی۔ وہ ان یادوں میں ایسا ڈوب گیا تھا کہ آنکھیں دیکھنا اور کان سننا بھول گئے تھے۔ ایکا ایکی ایک موڑ پر چونک پڑا جیسے کوئی بسری بات ایک دم یاد آگئی ہو۔ یہی جگہ تو ہے۔ ہاں یہیں ابا نے دو چانٹے مار کر میرے گلے سے شبن میاں کی قمیص کا بٹن نوچ لیا تھا۔ ادھر شبن میاں گھر کے اندر آئے اور ادھر ڈانٹ لگائی۔ ''گھسیٹے! گھسیٹے! ــــــ کدھر مر گیا؟ ٹانگیں پھیلا کر دونوں بوٹ میرے منہ کی طرف بڑھا دیئے۔ ان کو اتارو؟ پھر جرابیں اُتاروں' پھر انگلیوں کو تولئے سے پونچھوں'

پھر جوتی لا کر پاؤں کے نیچے دھر دو ــــــ شبن میاں کی چیزیں دیکھ دیکھ کر جی چاہتا تھا کہ ان میں سے دو ایک ہمارے پاس بھی ہوتیں! ہمارے پاس کیا تھا؟ ایک پھٹا کرتہ پاجامہ پہنے رہتے تھے۔ جب وہ بالکل چیتھڑے ہو جاتا تو خاں صاحبن پھر کسی کا پرانا دھرانا جوڑا دے دیتیں۔ ''پھر پھاڑ لیا''۔؟ اس کے بدن پر تو کانٹے ہیں'' یہ کہاں کھونچا لگایا؟ ــــــ کمینے کو کبھی تمیز نہ آئے گی''۔ ایک بار شبن میاں کے کمرے میں جو گیا تو دیکھتا کیا ہوں کہ قمیص کے کف کے دو بٹن پلنگ پر پڑے چم چم کر رہے ہیں۔ اس وقت کچھ ایسے پیارے معلوم ہوئے کہ میں نے چپکے سے ایک مٹھی میں دبا لیا۔ تھوڑی دیر میں شبن میاں چلّانے لگے۔ ''ایک بٹن کیا ہوا؟ کون لے گیا؟'' میں نے جی میں کہا۔ میں لایا ہوں۔ کہو کیا کہتے ہو؟ بٹن تو نہ دوں گا چاہے کچھ کر دو۔ بلکہ اب تو تمہارے گھر کا کام بھی نہ کروں گا۔ سب کی آنکھ بچا کر باہر چلا آیا۔ میری قمیص میں آستین کہاں تھی؟ میں نے وہ بٹن گلے میں اس طرح لگایا کہ بٹن اور زنجیر دونوں چیزیں باہر چم چم کریں اور پھر دن بھر بھوکا پیاسا کھیتوں کھیتوں گھومتا رہا۔ جب رات آگئی تب فکر ہوئی کہ اب کہاں جاؤں گا۔ میں ادھر ادھر دیکھتا پھرتا تھا کہ ابا نے جو میری کھوج میں لگے تھے، دیکھ لیا۔ ''تو شبن میاں کا سونے کا بٹن لے آیا ــــــ سونے کا بٹن۔'' دو تھپڑ پڑے تھے کہ میں بھاگا۔ سونے کا بٹن کلکتہ میں چار پیسے پتہ ملتا ہے جتنے چاہو اتنے لے لو۔

چھپروں اور نیچی نیچی کچی دیواروں پر شام کی سانولی رنگت چھا گئی۔ فضا میں ہلکی ہلکی خنکی تھی۔ جس سے دل کو عجب سکون ملتا تھا۔ گھروں میں چولہے جل گئے تھے جن کا دھواں اور سرخی چھپروں سے نکل نکل کر بلا کسی گھبراہٹ کے اوپر چڑھ رہے تھے۔ پکارنے اور زور زور سے باتیں کرنے کی آوازیں آ رہی تھیں جو اپنے ساتھ دن بھر کی تکان کو لئے بھاگی جا رہی تھیں۔ دوارے پر لڑکے لڑکیاں اونچا نیچا کھیل رہے تھے اور بے حد شور مچا رہے تھے جیسے بسیرا لیتے وقت جنگلی مینائیں ــــــ ایک گھوڑا دن بھر دوڑ دھوپ کر کے ابھی ابھی تھان پر آیا تھا اور خوشی سے ہنہنا رہا تھا۔ آخر مسجد آ گئی۔ اسی کی بغل سے گھسیٹے کا راستہ جاتا تھا۔ پہلی تاریخوں کا ہلال مسجد کے کے ایک

مینار سے لگا ہوا چمک رہا تھا۔ اسے دیکھ کر گھسیٹے کو ایک بات یاد آگئیں۔ جو باجے گاجے لئے مشعلیں جلائے ایک کمزور سی ناؤ پر، چڑھی گنگا کی خونی لہروں کو پار کر کے کنارے آاُتری تھی۔

بغیا بھی آ گئی۔ اس کے پار آبادی سے ذرا نکل کر گھر تھا۔ گھسیٹے کا دل امید و بیم سے زور زور سے دھڑ کنے لگا اور ساتھ ساتھ خوشی کے مارے آنسو نکل پڑے۔ آنکھوں کے سامنے گھر کی تصویر پھر گئی۔ بڑا سا صاف ستھرا لیپا پوتا چھپر۔ دو بڑی بڑی اناج کی کھٹیاں۔ رات کو نہ معلوم کب سے اٹھ کر اماں کا گھر ڑ گھر ڑ چکی پیسنا اور اس پر گانا "موری چھاگل نہ بولے"۔ دن کو کام کاج کر کے آؤ اور رلا کھ چلاؤں۔ "لتاں روٹی دے، اماں روٹی دے۔" اور چلاتے چلاتے تھک جاؤ۔ رو دھو کر لتاں اسی طرح پیسے چلی جاتی ہیں۔ جب اس کا جی چاہتا تب اٹھ کر چولہا جلاتی جمیا اور شبراتن! افوہ! دونوں کو اماں کتنا مارتی تھی اور تھیں وہ بھی دونوں بڑی حرام زادی۔ کبھی جو کام کرتیں ــــــ ادھر ابا کلہاڑی کندھے پر رکھے بکریاں ہانکتا گھر میں گھستا اور ادھر چلانے لگتا۔ ادھر اماں پر غصہ آیا جو جھونٹے پکڑ کر دھوئیں دھوئیں ــــــ واہ ری لتاں جہاں کسی کا جی خراب ہوا اس کے جی کو لگ گئی۔ پھر تو یہ ہے۔ ارے ابجرا سر داب دوں" ــــــ ادھر آنجر گجرا اتاروں ــــــ چاندنی میں بیٹھ کر نہ کھا۔" دونوں وقت ملتے نہ چلا۔ ہر وقت مٹکا اتار رہی ہے۔ آنے جانے والوں سے پوچھ پوچھ دواپلا رہی ہے ــــــ کھانے کی کتنی شوقین تھی۔ کچے پکے۔ گلے سڑے، کھٹے میٹھے ہی آم مل جائیں بڑے مزے سے بیٹھ کر سب کھا جاتی تھی۔ کچے پکے امرود، جھر بیریاں، کیتھے اور کیا کیا سب شوق سے کھاتی تھی مگر بچوں کا کھانا اسے برا نہیں لگتا تھا۔ وہ قصہ جو ہوا تھا کہ لتاں کو کہیں سے گڑ کی بھیلی مل گئی تھی۔ اس نے طاق میں رکھ دی۔ میں ادھر سے آؤں چرا کر ایک ٹکڑا منہ میں رکھ لوں۔ شام کو ابا نے جو دیکھا ذرا سا گڑ تھا۔ وہ لگے ڈکارنے "کون کھا گیا؟" اماں سمجھ گئیں بولیں "چوہے بلی کم ہیں گھر میں۔" "تو کھا گئی ہے تُو کیا چوہے بلی گڑ کھاتے ہیں۔؟ اماں نے کہا" کیوں؟ کیا ان میں جان نہیں ہے؟" میں نے جی میں کہا کہ دیکھو جب شہر سے کما کر لوٹوں گا تو گڑ کی ایک پاری بھی لاؤں گا۔ تب تو یہی ابا چٹخارے ماریں

گے۔۔ ''واہ کیا مجا ہے۔'' جمیا اور شبراتن آنکھیں پھیلا پھیلا کر تکیں گی۔ مُنہ سے پانی چھوٹے گا۔

گھر میں اب کون ہوگا؟ لبّاں امّاں بھلا کیا زندہ ہوں گے؟ ستر اسّی برس کون جیتا ہے جمیا اور شبراتن کہیں بیاہ دی گئی ہوں گی۔ ہاں فقیرا تو جوان ہوگا۔ بھورے کے بیوی بچّے ہوں گے اور بکریاں؟ اُو ہ کلّو کے ناتیوں کی ناتینیں ہوں گی۔ کلّو زندہ ہو تو پہنچانے گی؟ جب بھوکی ہوتی تھی تو میری طرف دیکھ دیکھ کر کیسا میں میں کرتی۔

۲

سامنے گھر ہے کہ نہیں؟ بغیا سے باہر آتے ہی گھسیٹے کے دل نے دھڑک کر بڑی بے تابی سے پوچھا ـــــــ وہ جگہ تھی وہ ـــــــ ہاں ـــــــ وہاں کچھ ہے تو ضرور۔

شروع تاریخوں کی اوس کی ماری بیمار چاندنی میں اندھیرے اُجالے کا ایک ڈھیر نظر آیا وہ۔ ایک دیوار تھی جس کا آدھا حصّہ تو ٹیلے کی طرح ڈھیر تھا۔ آدھا جو کھڑا تھا اس پر ایک ٹوٹا پھوٹا چھپّر تھا جس کا پھونس دھواں کھائے ہوئے ہوئے مکڑی کے جالے کی طرح ہر طرف جھول رہا تھا۔ چھپّر کے سامنے کی طرف چوحدّی جگہ جھانکڑوں، تاڑ کے پتّوں اور کسی سوکھی بیل کا ملا جُلا ایک اژدہام تھا جن کے پتنے پتلے ٹیڑھے سائے کیچوؤں اور کھنکھجوروں کی طرح زمین پر بجبجا رہے تھے۔ گھر اپنے سناٹے میں قبرستان تھا۔ اندر نہ چولہا جل رہا تھا نہ چراغ۔ گھر کی ایک ایک چیز پکار پکار کر کہہ رہی تھی کہ ہم خود ٹکڑے ٹکڑے کو محتاج ہیں ـــــــ تم کو کیا کھلائیں گے؟''

یہی گھر جہاں مسافر کی تھکی ماندی آتما کو چین کی تلاش تھی۔ گھسیٹے کی امیدوں کا چمن جسے وہ بائیس روز سے پچیس برسوں کے کچلے ارمانوں کے خون سے سینچ رہا تھا، اکبارگی مرجھا گیا۔ اس کا دل بار بار شک دلاتا کہ یہ گھر خالی ہوگا۔ وہ لوگ کہیں اور اُٹھ گئے ہوں گے، اور بار بار بکریوں کے موت کی کھراہند اور نابدان کی سڑاہند جو بوجھل ہوا سے دبی دبی ہوئی گھر کے گرد مقید تھیں؟ ان بالو

کے گھروندوں کو ڈھا دیتیں۔ گھسیٹے آدھ گھنٹے تک جہاں تہاں کھڑا رہا۔ اس میں اتنی ہمت نہ ہوئی کہ اندر جاتا یا کسی کو آواز دیتا۔

دور کہیں پر ایک پلا رو رہا تھا۔ رفتہ رفتہ اس کی آواز سے ایک طرح کی ڈھارس بندھی اور یہ کھکھارا، جواب نہ ملنے پر کھکھارا' بار بار کھکھارنے پر کوئی دبے پاؤں باہر آیا اور رازدارانہ لہجے میں بولا:

''اندھر چلی آؤ نا۔''

اس دھوکے سے گھسیٹے کی ہمت اور سکڑ گئی۔ اب کی وہ سہارا لینے کو سچ مچ کھکھارا' پھر کہنے لگا:

''کون فقیرا''؟

''ہاں!''

فقیرا ذرا چڑ کر بولا۔ ''تم کون ہو''؟

''ذرا ادھر آؤ''

فقیرا نکل کر قریب آیا اور بولا۔ ''تم کون ہو؟ یہاں کیا کر رہے ہو۔''

''ذرا سنو تو بھائی تم فقیرا ہو نا۔''

''ہاں ـــــــ کہہ تو دیا''۔

''تم یہیں رہتے ہو۔''

گھسیٹے کی آواز میں کچھ اتنا پیار تھا کہ فقیرا کا غصہ غائب ہو گیا' مگر اس کی سمجھ میں نہ آیا کہ یہ شخص کون ہے اور کیا چاہتا ہے۔ دوسری طرف گھسیٹے کی سمجھ میں نہ آتا تھا کہ اپنے کو کیسے پچھوائے اسے خیال تک نہ آیا تھا کہ اپنے گھر پہنچ کر یہ کام بھی کرنا ہوگا۔ آخر دل کڑا کر بولا: ''میں بائیس روز کا سفر کر کے آرہا ہوں۔ تمہارے پاس۔''

اب بھی فقیرا کچھ نہیں سمجھا مگر بلا ارادہ اس کی زبان سے نکل گیا: ''تو اندر آؤ''۔ اندر آکر

گھسیٹے کی ہمت بندھی اور ساتھ ہی راحت پانے کی امید بھی بلاوجہ ہریانے لگی۔ فقیرا نے دیا سلائی کھینچ کر چراغ جلایا۔ چھپر کے نیچے سات بکریاں اور بکریوں کے بچے بندھے تھے۔ انھیں سے شاید گھرانے کی روٹی چلتی تھی۔ ذرا ادھر ہٹ کر زمیں پر ایک چھیدا ہا ٹاٹ بچھا تھا جس پر ایک میلی سی چیز جو شاید کبھی رضائی ہو مگر چھتڑا ہو کر گمنام ہو گئی تھی، اوڑھنے کے لئے پڑی تھی۔ گھسیٹے نے ٹاٹ پر بیٹھ کر کپکپاتے چراغ کی دُھندلی روشنی میں فقیرا کو غور سے دیکھا۔ دُبلا پتلا، آنکھیں اندر دھنسی ہوئیں اور بے نور چہرے کی کھال جوتے کے چمڑے کی طرح کھردری اور اس پر دونوں طرف دو لمبی لمبی جھریاں، جیسے کچی دیوار پر برکھا کے پانی کی لکیریں۔ بال کھچڑی جن میں سفیدی زیادہ۔ یہ تھا گھسیٹے کا جوان بھائی فقیرا! مصیبت زدہ گھسیٹے دیکھنے میں اس سے زیادہ جوان تھا۔

گھسیٹے اس کی طرف پیار بھری نظروں سے دیکھ کر بولا۔ ''بھیّا تم تو جوانی میں ہی بڑھا ئے گئے۔''

فقیرا ٹھنڈی سانس بھر کر بولا:

''جوانی تو کھلائی پلائی سے ٹھہرتی ہے۔''

''سچ ہے بھیّا۔ بھورا بھیا اور شبراتن کہاں ہیں''؟

اب فقیرا ٹھٹکا۔ پہلے تم بتاؤ کہ تم کون ہو____ گھسیٹے تو نہیں ہو۔''

''ہاں گھسیٹے ہوں اور کون۔ بائیس دن ٹھوکریں کھا کر آرہا ہوں۔''

بھیّا کہہ کر فقیرا اس سے لپٹ گیا۔ گھسیٹے نے بھی بھینچ کر اسے لپٹا لیا اور جیسے کوئی سوتا پھوٹ جائے، اس کے آنسو ڈھل ڈھل بہنے لگے۔ فقیرا بھی رویا۔ تھوڑی دیر تک دونوں روتے رہے۔ پھر فقیرا نے اپنے آنسو پونچھے اور گھسیٹے کو ڈھارس دلائی کہ'' اب نہ رو یہ تو خوشی کی بات ہے کہ تم گھر آگئے۔ لناں کو دیکھو گے؟''

گھسٹے کی آنسوؤں سے لبریز آنکھیں حیرت سے پھیل گئیں۔

''اماں!____ ہے کیا؟''

''ہاں''۔

چھپر کے ایک کونے میں چیتھڑوں کا ڈھیر لگا تھا۔فقیرا اس کی طرف انگلی اٹھ کر بولا:''وہ پڑی ہے''۔

گھسیٹے محبت اور اشتیاق کے جوش میں اُدھر بھاگا۔

یہاں چیتھڑوں کے انبار میں دفن انسانی پنجر پڑا تھا جس پر مرجھائی ہوئی بدرنگ گندی کھال ڈھیلے کپڑوں کی طرح جھول رہی تھی۔سر کے بال بیمار بکری کی دم کے نیچے کے بالوں کی طرح میل کچیل میں لتھڑ کر نمدے کی طرح جم گئے تھے۔آنکھیں ڈھول میں سونڈی کوڑیوں کی طرح بے رنگ اپنے ویران حلقوں میں ڈگر ڈگر کر رہی تھیں۔ان کے کوئے کیچڑ اور آنسوؤں میں لت پت تھے۔گال کی جگہ ایک پتلی سی کھال رہ گئی تھی جو دانتوں کے غائب ہونے سے کئی تہوں میں ہوکر جبڑوں کے نیچے آگئی تھی۔گال کے اوپر کی ہڈیوں پر کچھ پھولا پن سا تھا'بد گوشت ہو یا ورم! جیسے روتے روتے ورم آگیا ہو۔گردن اتنی سوکھی تھی کہ ایک ایک رگ نظر آرہی تھی۔ننگے سینے پر چھاتیاں لٹک رہی تھیں بھینچی ہوئی الٹی بنڈی کی خالی جیبیں چہرے کی ایک ایک جھری سخت گھناؤنی مصیبتوں کی مہر تھی جیسے دیکھ کر بے اختیار دھاڑیں مار مار کر رونے کو جی چاہتا تھا۔

فقیرا چراغ لے کر آیا۔روشنی دیکھتے ہی بڑھیا کچھ بکنے لگی۔اور داہنے ہاتھ کی انگلیوں سے جھوٹ موٹ کا نوالا بنا کر اپنے منہ کی طرف بار بار لے جانے لگی۔جیسے گونگا کھانے کو مانگے ۔بڑھیا نہ معلوم کیا کہہ رہی تھی مگر سننے میں صرف یہ آیا تھا۔باب۔باب۔باب۔باب____با''

اس کی آواز ایسے ویرانی کے مارے گاؤں کی یاد تازہ کرتی تھی، جہاں کے رہنے والے آگ سے جل مرے تھے اور اب اس کے کھنڈروں میں دن کو بندر چیختے اور رات کو سیار روتے تھے۔

فقیرا نے گھسیٹے کی طرف دیکھ کر کہا: جب اس کے پاس آؤ یہ اسی طرح کھانا مانگنے لگتی ہے ۔چاہے جتنا کھلاؤ اس کا جی نہیں بھرتا۔منہ سے نکل نکل پڑتا ہے، پھر بھی مانگے جاتی ہے۔''

آخر گھسیٹے بڑی کوشش سے بولا۔''اماں۔''

آواز بتا رہی تھی کہ اس کا دل اندر ہی اندر کراہ رہا تھا۔ فقیرا نے کہا ''نہ وہ سنتی ہے نہ سمجھتی ہے۔ بس کھانے کی بات سمجھتی ہے۔'' بڑھیا کا پوپلا منہ دھونکنی کی طرح چل رہا تھا، باب باب کی آواز نکل رہی تھی، اور انگلیوں کا بنا ہوا نوالہ بار بار منہ کی طرف جا رہا تھا مگر ان حرکتوں پر بھی یقین نہ آتا تھا کہ پنجر زندہ ہے۔

یہ وہی چوڑی چکلی تندرست اماں تھی جو منہ اندھیرے سے دوپہر تک مسلسل چکی پیسا کرتی تھی! جسے دن رات یہی دھن سوار رہتی تھی کہ کسی طرح گھر کی حالت سنبھل جائے اس نے کیسا کیسا اپنا جی مارا۔ ذرا ذرا سی چیز کے لئے کیسا کیسا ترستی رہی۔

گھسیٹے کے دل میں ماں کے لئے ترس بھرا پیار اُبل پڑا جو ہاتھ پھیلا پھیلا کر یہ دعا مانگنے لگا کہ اے خدا اس کی مشکل آسان کر اور تو اسے ناپاک دنیا سے اُٹھا لے۔ اگر اس وقت گھسیٹے کی آنکھیں رو دیتیں تو اسے سکون مل جاتا، مگر افسوس آنسوؤں جیسی نعمت کوسوں دور تھی۔

فقیرا کے لئے اس نظارے میں کوئی خاص بات نہیں تھی۔ اس نے کہا ____ ''بھیا! تم ذرا ہاتھ منہ دھو لو۔ میں کھانے پینے کا کچھ سُبیتا کروں۔''

فقیرا بھاگتا ہوا بنیا کے اُس پار جوگیوں کے گھر سے آدھ سیر جوار کا آٹا اُدھار مانگ لایا اور پھر چولہا جلا کر روٹیاں پکانے بیٹھ گیا۔ گھسیٹے بھی چولہے کے پاس آ بیٹھا اور بولا: ''اتنا آٹا؟ کیا تم نے ابھی نہیں کھایا۔؟''

''نہیں آج آٹا ختم ہو گیا تھا تو میں نے کہا کہ ایک رات یوں ہی سہی۔''

''اب کھیتی نہیں ہوتی۔''؟

''وہ کب کی بند ہو گئی۔ ابا کے مرنے کے بعد بھورے کو جیل ہو گئی۔ میں اکیلا رہ گیا۔ دو برس تک ترکاریاں ورکاریاں بوئیں مگر وہ بکیں بکائیں نہیں۔ لگان تک نہیں ادا ہوا۔''

''بھورے کاہے میں پکڑا گیا؟''

''سونی چند کی ایک بکری بیچ لی تھی۔ پھر جب جیل سے چھوٹ کر یہاں آیا تو اس کی

بیوی دوسرے کے گھر بیٹھ چکی تھی۔ یہ فوجداری کرنے پر تیار ہو گیا۔ مگر اس کی طرف سے کوئی کا ہے کو کھڑا ہوتا؟ دو مہینے سب گالیاں دیتا رہا۔ پھر ایک رات کہنے لگا۔ ''فقیرا! مجھ سے تو تیری طرح بھوکوں نہ مرا جائے گا اور نہ اس گاؤں میں رہا جائے گا۔ بلا سے جیل ہو جائے چار دن عیس تو کرلیں گے ____ دوسرے دن منہ اندھیرے کہیں نکل گیا ____ بانکے کہتا تھا کہ اب پھر جیل پہنچ گیا ہے۔''

''جمیا اور شبراتن کہاں ہیں''؟

جمیا حرام زادی کسی کے ساتھ بھاگ گئی۔ شبراتن کا دس کوس پر تکیہ والوں میں بیاہ ہو گیا ہے ایک امرود کا باغ ہے کسی طرح گزر بسر ہو جاتی ہے۔ مگر کبھی ماں کو نہیں پوچھتی۔''

ذرا دیر خاموشی رہی۔ پھر فقیرا روٹی کے کناروں کو انگاروں پر سینکتے ہوئے بولا:

''تمہارے جانے کے بعد بھیا وہ آفتیں آئیں۔ سب گھر مٹ گیا۔ وہ بھی کیا جانا' تھا ابا کہا کرتے تھے کہ ''یہ سب پلّے پیٹ بھرے میں پیٹ بھرے''۔ سچ کہتے تھے۔ اس زمانے میں تو کوئی رات ایسی نہیں گذری، جب چولہا نہ جلا ہو۔''

گھسیٹے لمبی سی ٹھنڈی سانس بھر کر چپ ہو گیا اور لپکتے کولوں کی طرف تکنے لگا جیسے ان میں پرانے دنوں کو ڈھونڈ رہا ہو۔

فقیرا نے اس سنّاٹے کو توڑا۔ ''کہاں کہاں رہے گھسیٹے؟''

ہم کلکتہ جا کر ایسے پھنسے کہ خط پتر کو بھی چار پیسے نہ تھے۔ گھر یاد کر کر کے کتنی بار رونا آیا۔ بڑی کٹھن گذری وہاں، ملوں کی خاک چھانی، امیدواری میں کام کیا، بھوت گھر میں روئی ڈھوئی، ہفتوں قبض رہتا تھا، چار سال رکشا چلائی، پھر خونچہ لگایا ارے فقیرا بڑا کٹھن ہے کلکتہ میں رہنا۔ جس کے دو چار جاننے والے ہوں اور جس کے پاس لینے دینے کو ذرا پیسہ ہو اس کے لئے تو وہاں سب کچھ ہے۔ لیکن ایسے ویسوں کو تو کوئی پوچھتا ہی نہیں۔ وہاں تو روئے رُلائی بھی نہیں آتی تھی۔ مرنے کی دعائیں مانگا کرتے تھے۔

فقیرا نے لال لال روٹی کپڑے پر رکھ دی اور دونوں ٹکڑے توڑ کر کھانے لگے۔ فقیرا بولا: ''بھیا ذرا چپکے چپکے کھاؤ، اماں سُن لے گی تو چلاّ چلاّ کر رات بھر نہ سونے دے گی۔''

گھسیٹے نے شک اور حیرت سے فقیرا کی طرف دیکھا۔ ''تم تو کہتے ہو وہ بالکل نہیں سنتی۔''

''ہاں، مگر نہ جانے کیا بات ہے کہ کھانا کھانے کی آواز سُن لیتی ہے اور کھانے کی بو بھی پا لیتی ہے، اور پھر باب، باب کرنے لگتی ہے۔

گھسیٹے بجھتے انگاروں کی طرف تکنے لگا۔ اس کا حلق اتنا سوکھ گیا کہ منہ کا نوالا بلا پانی کے گھونٹ کے نہ اُتار سکا۔

۳

گھسیٹے گھر کے ددارے ہونٹوں پر بکری کا مسکا ملے، دھوپ میں ننگے بدن بیٹھا، اپنے میلے کرتے کے چلوے چُن رہا تھا۔ کئی روز سے ہاتھوں، پیروں اور ہونٹوں کو چٹخانے دینے والی سرد ہوا کے تیز جھکڑ چل رہے تھے جن میں سیکڑوں میل کا گرد وغبار بھرا تھا جو ناک اور حلق میں گھس رہا تھا۔ کھیتوں کے پودے اور درخت ہوا کی چوٹ کھا کر جھک جاتے تھے اور بے کسی سے اپنے پتے پھر پھڑاتے جیسے ہوا سے فریاد کر رہے ہوں کہ اب تو للہ جان چھوڑ دے۔ کھیتوں میں کسان اپنی چادروں کو بدن پر سمیٹے، ہاتھ پاؤں سکیڑے کندھوں کو آگے جھکائے سُو سُو کر رہے تھے۔ ہر جگہ اتنی اجاڑ اجاڑ تھی اور ہر چیز اتنی دکھ بھری کہ بے اختیار جی گھبرا گھبرا کر کہتا تھا کہ چلو کہیں بھاگ چلیں۔

گھسیٹے دھوپ میں بیٹھا کانپ رہا تھا اور کلکتہ کو یاد کر رہا تھا۔ آنے کے دوسرے ہی دن وہ ٹوٹے پھوٹے ویران چھپّر بکریوں کے مُوت کی کھراہند اور اپنی ماں کی باب، باب سے گھبرا گیا تھا۔ دن بھر بھوک بہلاتا اور بکریاں چراتا اور رات بزے کی روکھی سوکھی روٹی اور کبھی کبھی تو رات کو بھی فاقہ۔ پھر یہاں کی سردی! اُفوہ! بدن ہے کٹا جاتا ہے۔ اوڑھنے کو کھویا پہننے کو دو آدمیوں کے بیچ میں ایک سب سے بڑی کوفت یہ کہ جوانی کے پچیس سال کلکتہ میں گنوانے کے بعد گھسیٹے کو یہاں کی

کسی چیز سے اب لطف نہ آتا تھا۔ چوپال کی باتیں روکھی پھیکی۔ گاؤں کی عورتوں میں شرم اور کھچاؤ۔ پھر جس سفید پوش کو دیکھو تھانے دار کی طرح اکڑ دکھاتا ہے اور فقیرا؟ وہ بات بات میں باپ بنتا ہے۔ سب مصیبتوں سے بڑی مصیبت یہ کہ پیسے کمانے کا کوئی راستہ نہیں، دمڑی کے لئے فقیرا کی محتاجی۔ ہر بات میں اس کا دست نگر رہنا۔

گھسیٹے چلوے مار رہا تھا اور کلکتہ سے آنے پر پچھتا رہا تھا۔ وہ دکانوں کے تختوں پر رات کاٹنا، وہ سڑکوں پر جو جاڑوں میں برف کی سلی اور گرمیوں میں دہکتا ہوا توا ہوتی تھیں، خچر کی طرح رکشا لے کر دوڑنا۔ وہ کبھی کبھی تین تین فاقے کر لینا۔ اپنا گھر اس زندگی سے لاکھ درجہ بہتر تھا۔ وہ کلکتہ کی ایک پیسہ والی سنگل چائے وہ دھیلے والا کا بیڑا! دو پیسے کی پچیس بیڑیاں! یہ وہ نعمتیں تھیں جن کے لئے وہ یہاں ترس گیا تھا۔

گھسیٹے نے ایک ٹھنڈی سانس بھری اور دور تک پھیلے ہوئے سڑک کے کھیتوں کی طرف دیکھا۔ میری زندگی بھی کیا زندگی ہے۔ پندرہ سولہ برس کے سن تک باپ کے ججمانوں کی مار کھائی۔ کھانے پینے کو ترستے رہے، پھر ہمت کر کے کمانے کھانے کو شہر بھاگے، وہاں مہینوں ٹھوکریں کھائی، کہا چلو کلکتہ چلو، وہاں پہنچتے ہی اچھی سی نوکری مل جائے گی اور سب پاپ کٹ جائے گا، کلکتہ کے پچیس برس! افوہ! کوئی کوشش اٹھا نہیں رکھی، رکشا تک چلائی، سیٹھ جی نے کہا کہ گاڑی لینا ہے تو جمانتی لاؤ۔ میں کیسے لاتا؟ جو واں کے رہنے والے تھے ایک دوسرے کو جانتے تھے، گھرانے کے گھرانے رہتے تھے۔ جمانتی لے آتے تھے۔ بھگمن بولا۔ دو آنے روز دو کلوٹا مہاجن جمانتی ہو جائے گا۔ دو آنے اسے روز دئے، پھر بھی سالے سیٹھ نے ٹوٹی پھوٹی گاڑی دی۔ اسے دور سے ہی دیکھ کر لوگ ہٹ جاتے تھے۔ جب سیٹھ سے خوشامد کرو کہ ایک اچھی گاڑی دے دو تو وہ اکڑ کر کہتا تھا کچھ روپیہ جما کراؤ نا۔ روپیہ بچتا تو کیسے بچتا؟ آمدنی بھر تو کلوٹا کھا جاتا تھا۔ چار سال دوڑے مگر رہے وہی موچی۔ کے موچی بخار جو آیا تو کسی طرح گیا ہی نہیں۔ اسپتال میں پڑے پڑے مہینوں بیت گئے، اچھے ہوئے تو ڈاکٹر صاحب نے کہا۔ اب خبردار رکشا نہ چلانا اور نہ ہی

زیادہ محنت کا کام کرنا۔ پھر دو روپیہ قرض اُدھار کر کے پان سگریٹ، دیا سلائی کا خنچہ لگایا۔ اب جو آتا کہتا سیزر لاؤ، کیمی کٹ لاؤ، یہ لاؤ وہ لاؤ۔ یہاں کیا تھا؟ کہتے ''نہیں ہے صاحب، نہیں ہے حجور''۔ وہ بھی تماشا کچھ دنوں رہا، بیٹھنے کو اچھی جگہ تھی نہ اچھا سامان تھا۔ اس پر جو کچھ بھی آیا م حرام زادی بھنگوئی کھا گئی ___ نہ جانے مجھ سالے کو عورت رکھنے کی کیا پڑی تھی ___ لنگوٹی میں پھاگ ___

گھسیٹے کو اپنے اوپر سخت غصہ آیا اور اپنے کو خوب گالیاں دینے لگا۔ اتنے میں فقیرا سامنے آیا اور آتے ہی کڑے پن سے بولا۔ ''پھر تم نے چرا کر دودھ بیچ لیا۔ ہمارا تمہارا گذارا نہیں ہو سکتا۔ جہاں جانا چاہتے ہو چلے جاؤ۔''

گھسیٹے نے جواب دیا۔ ''کیسی چوری؟ کچھ پاگل ہو گیا ہے تو؟ روز کا یہی قصہ، روز کا یہی قصہ۔ بڑا آیا ہے گھر سے نکالنے والا جیسے گھر میں میرا حصہ ہی نہیں اور بکریوں میں میرا حصہ ہی نہیں''۔

''گھر میں حصہ.. بکریوں میں حصہ، تُو حصہ بٹائے گا؟ کام کا نہ کاج کا، دشمن اناج کا۔ پچیس سال کلکتہ میں گنوا کر ہماری جان کو آیا ہے، گیا تھا روپیہ کمانے!''

گھسیٹے گرم ہو کر بولا۔ ''کلکتہ میں کمانا کچھ آسان ہے؟ تو خود تو زندگی بھر قصبہ سے باہر نہیں گیا اور چلا ہے کلکتہ کی کمائی کی باتیں کرنے۔ وہاں وہ کماتا ہے جس کے دس جاننے والے ہوں جو اس کے لیے تکڑم لگائیں۔ وہ کماتا ہے جس کے پاس روپیہ ہو کہ کچھ کھو کر سیکھے۔ کام کچھ دنوں کے بعد آتا ہے کہ آپ ہی آپ؟''

فقیرا نے طعن سے کہا: ''ہاں جو یہاں سے جاتے ہیں وہ روپیہ کے ڈھیر تو لیکر جاتے ہی ہیں۔ تبھی جو اتنا روپیہ لایا ہے تو کیسے لایا ہے؟''

اب تو گھسیٹا تلملا گیا۔ وہ سب کچھ سُن سکتا تھا مگر یہ کہ اس نے کلکتہ میں رہ کر کچھ نہیں کیا بالکل ہی نہیں سُن سکتا تھا۔ وہ چلا کر بولا:

''اور تو نے کیا کر لیا ہے چوٹّا کہیں کا۔ ان بکریوں میں 'اس گھر میں کیا میرا حصہ نہیں تھا ؟ سب کا سب بیچ کر کھا گیا۔ لا میرا حصہ دے۔ میں آج ہی اس منحوس گاؤں سے جاتا ہوں۔ بے ایمان کہیں کا..........''

گھسیٹے سے بن نہیں پڑتا تھا کہ وہ اپنا سر پھوڑ ڈالے جان نکال کر رکھ دے۔ کیا کرے جو فقیرا کو یقین دلا دے کہ کلکتے میں میں نے کوئی کوشش اٹھا نہیں رکھی۔

کچھ یوں ہی تو تو میں ہوتی رہی۔ پھر فقیرا بڑبڑاتا ہوا اندر چلا گیا۔ دیر تک وہ اندر سے اور یہ باہر سے بڑبڑاتے رہے۔

یہ قصہ آج کچھ نیا نہیں تھا بلکہ پورے چار مہینے سے ہو رہا تھا۔ روز یہی جھگڑا اُٹھتا، روز ہی باتیں ہوتیں اور روز دونوں اسی طرح بڑبڑا بڑبڑا کر چپ ہو جاتے۔

رات جب روکھی روٹی کھا کر گھسیٹے بستر پر بیٹھ کر حقہ گڑگڑانے لگا تو پھر ایک ٹھنڈی سانس کے ساتھ کلکتہ کی یاد آئی اور وہ سوچنے لگا کہ شاید اب میں ہمیشہ کے لئے اس اجاڑ گاؤں میں دفن ہو گیا۔ اب باقی زندگی اسی طرح بتانا ہے کاش ایک بار صرف ایک بار میرے پاس کچھ پیسہ آ جاتا جو میں کچھ دنوں اپنی تھکی ماندی آتما کو سکھ دے لیتا۔ چالیس برس کی تھکی ماندی آتما! میں یہ نہیں کہتا کہ بڑا سا گھر ہو دوارے بھینس بندھی ہو، کٹھیوں میں اناج بھرا ہو۔ گھر والی ہو جو ساری کے پلّو سے تھالی صاف کرے، اس میں دال بھات لا کر سامنے رکھ دے، اس کے پاؤں میں موٹے موٹے کڑے پڑے ہوں جو بدھی کی طرح آڑے آڑے ایک طرف چھپّر ہو، دونوں وقت اپنی روکھی سوکھی۔ بس ارے ہاں اپنے پاس کچھ تو ہو۔ اب کہاں گھر والی کی خواہش اور کہاں بچّوں کا ارمان۔ چالیس کا سن ہونے کو آیا ____

سن کا خیال آتے ہی دل میں ایک تیز ہوک اُٹھی کہ اب دو چار برس جوانی اور ہے پھر اندھیرا پاکھ۔ جانے کب موت آ جائے۔

ایک زبردست اُمنگ اُٹھی کہ جیسے بنے ایک بار اور ہاتھ پاؤں مارو۔ تھوڑی دیر تک سوچتا رہا

۔ پھر اس نے فقیرا کو پکارا۔ ''بھیا فقیرا!'' فقیرا پیار کی پکار سن کر فوراً پاس آ گیا۔ جب وہ آرام سے بیٹھ گیا اور حصہ کا کا ایک دم لے چکا تو گھسیٹے بولا: ''میں یہ کب کہتا ہوں کہ میں کچھ کروں گا ہی نہیں۔ مگر کوئی کام بھی تو ایسا ہو کہ جس سے کچھ ملے۔ ارے ارے بھیا تم کہتے ہو کہ کلکتہ میں میں نے پچیس برس بھاڑ جھونکا' مگر میں کہتا ہوں کہ میں کم سے کم اتنا تو سیکھ گیا ہوں کہ کون کام چل سکتا ہے اور کون نہیں۔ تم کہتے ہو پھیری لگائیں، یہ کریں وہ کریں، سچ کہتا ہوں کہ ان میں کچھ نہیں دھرا ہے۔ پیسے والوں کے سامنے کون اپنا روزگار جما سکتا ہے۔؟''

گھسیٹے یہ کہہ کر اس طرح خاموش ہو گیا جیسے ابھی بات نہیں ہوئی پھر فقیرا کی طرف دیکھ کر بولا: ''اگر کچھ مل سکتا ہے تو اسی طرح جیسے ہم کہتے ہیں۔ مگر جو ہم کہتے ہیں ــــــ وہ تم مانتے ہی نہیں ــــــ اس میں تمہارا بھی بھلا، ہمارا بھی بھلا۔ کون جانے گا کہ ہم کیسے کماتے ہیں؟ اور جان بھی گیا تو کیا؟ جب ہمارے پاس پیسے ہوں گے تو ہماری برائی کو بھی اچھائی کہیں گے۔ جوگیوں کو دیکھو، ان کے گھر ہُن برس رہا ہے ہُن کہنے کو ہم شریف اور وہ ہر ذیل۔ مگر کون کس کی خوشامد کرتا ہے؟ ہم ہی ہیں جو آئے دن دوڑے جاتے ہیں کہ اچھے منگلو سیر بھر آٹا اُدھار دے دو، دو کنکو یاں نمک دے دو' ذرا سی تمباکو دے دو۔ وہ ٹال مٹول بھی کرتے ہیں، دھتکاری بھی دیتے ہیں، مگر ہم پھر جاتے ہیں نہ جائیں تو کیا کریں؟''

فقیرا بیٹھا چپ چاپ سنتا رہا، گھسیٹے گھسیٹے پھر دم لے کر کہنے لگا: ''اور ہم تو کہتے ہیں کہ سب ہم کو چھوڑ بھی دیں تو کیا؟ کیا کوئی لڑکا لڑکی بیاہنے کو بیٹھے ہیں ہم؟ ہم دونوں چین سے الگ ہی رہ لیں گی۔''

گھسیٹے نے اک دم سے کچھ یاد کر کے فقیرا کی طرف معنی خیز نظروں سے دیکھا اور پھر کہا:

''ہاں تمہارا سادی بیاہ کرنا ہے روپیہ دیکھ کر سب ہی لڑکی دینے کو راضی ہو جاتے ہیں اور نہیں تو پھر اپنی برادری میں نہ سہی۔ ارے ہاں! اس طرح تو کہیں بھی نہیں کر سکتے اور پھر یہ اماں کے لئے بھی اچھا ہے۔ جب پیسے ہوں گے تو ان کو بھی خوب کھانے کو ملے گا۔''

فقیرا اب بھی کچھ نہیں بولا۔ اس سے پہلے بھی گھسیٹے کئی بار یہی باتیں کر چکا تھا۔ مگر تب انھیں سُن کر فقیرا کو غصہ آ گیا تھا۔ روپیہ کے لئے کہیں شرافت بیچی جاتی ہے؟ روپیہ ہے کیا؟ ہاتھ کا میل۔ آج ہے تو کل گیا۔ اور شرافت وہ دھن ہے جو پیڑھیوں چلتا ہے اور خرچ نہیں ہوتا ہے۔ شریف پھول کا برتن ہے جتنا بھی کیچڑ میں سوند جائے، جب بھی مانجھو چم چم کرنے لگتا ہے اور جہاں شرافت گئی پھر آدمی مٹی ہو جاتا ہے۔ مانا جوگیوں کے پاس روپیہ ہے، پیسہ ہے، گھر گرہستی ہے، ہم ہی ان کی خوشامد کرتے ہیں وہ نہیں کرتے، ہم ہی ان سے روٹی ادھار مانگتے ہیں، وہ نہیں۔ مگر اس سے کیا؟ ہاتھی لاکھ لٹ جائے پھر بھی سوا لاکھ ٹکے کا۔ اور وہ مکھیا کے گھر جائیں تو ہم تو چبوترے پر بیٹھیں گے اور وہ دور زمین پر۔

فقیرا پانچ برس کا تھا جب گھسیٹے روپیہ کمانے شہر بھاگ گیا تھا، تب سے اس کے دل میں بھی کمانے کی تمنا پیدا ہو گئی تھی۔ لیکن جیسے جیسے دن بیتتے گئے اور گھسیٹے روپیہ کا گٹھر لے کر نہیں لوٹا، اس کی خواہش مرتی گئی۔ غریبوں کو کہاں پیسہ ملتا ہے۔ پیسہ مل جاتا تو کوئی غریب ہی کیوں رہتا۔؟ اس جیون میں بس یہی ہے اپنا دوزخ پاٹ لو اور موقع ملے تو کسی سے ہنسی، دل لگی کر لو، اور کیا دھرا ہے؟ بھورے کا حشر دیکھ کر تو رہی سہی آس بھی گہری نیند سو گئی۔ لیکن اب جو گھسیٹے روزانہ شام کو، جب یہ دونوں کام کاج سا فارغ ہو کر بیٹھتے، آس جگانے کا منتر اسی موئنی سے پڑھتا رہا تو رفتہ رفتہ فقیرا کی سوئی ہوئی آس چونکی، انگڑائی لے کر اُٹھی اور پر پرزے نکالنے لگی۔ وہی فقیرا جسے کل تک کی کوئی فکر نہ تھی، آج جو مایا کے مندر کی راہ سُوجھائی دی تو لگا کچھ اور ہی سپنے دیکھنے، ذرا یہ چھپر بدل جاتا، تھوڑی سی بکریاں اور ہو جاتیں اور ذرا چار پانچ روپے اکھٹے ہو جاتے تو پھر ہمارا گھر بس جاتا۔ ارے ہاں اب گھر نہ بسا تو پھر کب بسے گا، وہ رمضانی کی بیوہ، آنکھ ملاؤ تو کیسا ہنستی ہے، اس سے آج کہو تو آج گھر بیٹھ جائے، کیسا گدرایا بدن ہے۔ جیسے پکّا آم۔ کیسا ٹھمک ٹھمک چلتی ہے! اور کتنی محنتی ہے وہ۔ دودھ وہ دوہے، اُپلے وہ تھاپے، دہی وہ متھے، اکیلی جھووں پانس اُٹھا اُٹھا کر کھیتوں میں وہ ڈالے، کیا عورت ہے! میں نے دیر کی تو کوئی اور اپنے گھر بٹھا لے گا پھر میں منہ تکتا

رہ جاؤں گا۔

جس دن سے فقیرا کے دل میں یہ خیال گونجنے لگا، وہ رمضانی کی بیوہ سے کنّی کاٹنے لگا۔ ادھر وہ سامنے دکھائی دیتی اور یہ راہ کترا کر نکل جاتا۔ پندرہ بیس روز یوں ہی کٹ گئے۔ ایک دن یہ لکڑی چیر رہا تھا کہ وہ اکبارگی پیچھے سے آگئی۔ اسے بھاگتے نہ بنی، کچھ باتیں ہوئیں، کچھ ہنسی دل لگی ہوئی، پھر وہی جس کا فقیرا کو دھڑکا تھا یعنی اسی دن اس نے گھسیٹے کی بات مان لی۔

۴

ابھی پہر رات باقی تھی کہ گھسیٹے نے فقیرا کو جگایا۔ دونوں تاروں کی مدھم روشنی میں اٹھے اور ٹوکرے کو بانس سے لٹکا کر ایک ڈولی سی بنالی اور اس میں خوب سا پیال بھر دیا اور پھر بڑھیا کے پاس گئے۔ گھسیٹے نے ایک ہاتھ گلے میں اور ایک کمر میں ڈال کر اس کو چھپکلی کی طرح اُٹھالیا۔ آنکھ کا کھلنا تھا وہ لگی باب، باب، باب کرکے اشارے سے کھانا مانگنے۔ گھسیٹے نے پہلی بار اسے چھوا تھا۔ اسے ایک عجیب اذیت ہوئی جس سے اس کا چہرہ ہونق ہوگیا۔ ایک طرف تو آنکھوں میں آنسو آرہے تھے۔ اور دوسری بدن کے روئیں کھڑے ہوگئے تھے۔

گھسیٹے نے اسے لے جاکر آہستہ سے جیسے کوئی شیشے کا برتن ہو، ٹوکرے میں رکھ دیا اور پھر اسے چیتھڑوں میں چھپادیا۔

ایک طرف کا بانس فقیرا نے تھاما اور دوسری طرف گھسیٹے نے اور دونوں گھر کے باہر چلے۔

بکریاں ان لوگوں کو جاتے دیکھ کر بے کسی سے میں میں کرنے لگیں۔

جیسے یہ لوگ ان کو ہمیشہ کے لئے بے یار و مددگار چھوڑے جارہے ہوں۔

جب یہ دونوں رات کے کالے کالے پردوں کی اوٹ میں منہ چھپائے ہوئے گاؤں کے نکو پر آگئے تو پو پھٹی اور نسیم اٹھلا اٹھلا کر چلنے لگی۔ یہ خوش تھے کہ چلو ہم نظروں سے بچ کر نکل آئے کہ اچانک ایک طرف سے ایک کسان کندھے پر ہل رکھے نکل پڑا اور پہچان کر پوچھنے

لگا: ''کہاں چلے فقیرا؟''

ہوا کا ٹھنڈا جھونکا فقیرا کے کلیجے کو برماتا نکل گیا اس کے کندھے کا بانس کانپا۔ کسی وجہ سے گھسیٹے گھبرا کر فقیرا کی جگہ خود بول اُٹھا: ''شبراتن کا حال خراب ہے۔ لناں کو لئے وہاں جا رہے ہیں۔''

''لناں کو لئے۔؟'' کسان اتنا متاثر ہوا کہ بے اختیار کہہ اُٹھا۔

''شاباش تم لوگوں کو، اپنی مہتاری کی اتنی سیوا کرتے ہوں!'' شہر کی جامع مسجد میں جمعہ کی نماز کا خطبہ شروع ہو چکا تھا، اس وقت فقیرا اور گھسیٹے نے مسجد سے ذرا ہٹ کر، ایک گلی میں آ کر ڈولی رکھی گھسیٹے نے بڑھیا کو جو کنڈلی مارے ٹوکرے میں سو رہی تھی، اٹھا کر ٹیک لگا کر بٹھا دیا اور پھر اس کا کانپتے ہوئے ہاتھ کو ٹوکرے میں دو چیتھڑے باندھ کر اس پر رکھ دیا۔ یہ احتیاط تھی اس بات کی کہ کہیں ایسا نہ ہو کہ باب باب کرتے وقت کہیں ہاتھ بجائے منہ کی طرف آنے کے کانپ کر کسی اور طرف نکل جائے مگر احتیاط فضول تھی کیوں کہ دس برس سے اس ہاتھ کا صرف یہی کام رہ گیا تھا کہ منہ کی طرف جا جا کر اشارے سے کھانا مانگا کرے اب سوائے ادھر کے اور کسی طرف جانے کی ہاتھ میں سکت ہی نہیں تھی۔

بڑھیا جاگ پڑی مگر وہ بچکولے کھاتے کھاتے اور رات رہے سے اس وقت تک باب باب کرتے کرتے اتنی تھک گئی تھی کہ بلا چلائے اور کھانا مانگے، جیسے بٹھائی گئی تھی ویسی ہی بیٹھی رہی۔ یہ تو بُری رہی۔ ساری کی کرائی پر پانی پھر جاتا تھا۔ ضرورت ایجاد کی ماں ہے، فوراً گھسیٹے نے لپک کر سامنے کی حلوائی کی دکان سے ایک پیسہ کا جلیبیوں کا شیرا مانگا۔ اس نے تھال پر چمٹی ہوئی بھڑوں اور بھنکتی ہوئی مکھیوں کو اڑا کر تھال ایک طرف جھکا دیا اور جتنا شیرا بہہ آیا اسے انگلی سے پونچھ پونچھ کر ایک پتہ پر ٹپکا کر گھسیٹے کو تھما دیا اس نے لا کر شیرے کی ایک انگلی بڑھیا کو چٹا دی۔ اس کا چاٹنا تھا کہ وہ فوراً باب، باب کر کے مانگنے لگی۔

چلو عمل کامیاب رہا۔ بڑھیا کی کوک ہاتھ آ گئی۔ گھسیٹے نے پتہ فقیرے کو پکڑا کر ہدایت کی کہ

وہ موقع پر بڑھیا کو ایک انگلی چٹا دیتا۔ فقیرا زندگی میں تیسری بار شہر آیا تھا۔ یہاں کی گہما گہمی، بھیڑ بھاڑ اور بڑی بڑی دکانوں سے وہ بھوچکا ہو گیا تھا، عقل چندھیا گئی تھی۔ اس کے برخلاف شہر کی ہوا لگتے ہی گھسیٹے کی ہر بات میں خود اعتمادی آگئی تھی۔ گھسیٹے مشاق پیراک کی طرح تھا جو دریا میں اترتے ہی چہلیں کرنے لگتا ہے اور فقیرا نو سکھیئے کی طرح جو پانی دیکھ دیکھ کر سہا جاتا ہے، گھسیٹے فقیرے کو حکم دے رہا تھا اور وہ کل کی طرح اس کے اشاروں پر چل رہا تھا۔

دونوں ڈولی لیکر مسجد کے سامنے آئے۔ خدا کے گھر کے سامنے انسانی کوڑے کا ڈھیر لگا تھا۔ کٹی انگلیاں اور بیٹھی ناک والے کوڑھی منمنا کر ڈراونی آواز میں بولنے والی آتشکی بڑھیاں، چندے چپڑے بچے جن کے ہاتھ پاؤں سوکھے اور پیٹ بڑھے ہوئے تھے۔ جو نہ جانے کیوں مسلسل ریں ریں کر رہے تھے، پھیکے، بے حیا دیدوں والی جوان عورتیں جن کے سر پر جوڑوں کا جنگل اور بدن پر میل کی کہگل، چیتھڑے، ٹھیکرے، میل آخور، بلغم، ناک، پیپ، مکھیاں، جراثیم، فریب، جھوٹ اور ان سب کو ڈھانک دینے والی لوریاں دے دے کر، تھپک تھپک کر سلا دینے والی مہاپاپن بے حسی!

____ اس سمندر میں گھسیٹے اور فقیرا نے بھی ماں کی ڈولی لیکر غوطہ مارا۔ میل کچیل ہو، چاہے ذلت ہو، حیوانیت ہو، چاہے انسانیت ہو، مایا کے مندر کو یہی راستہ جاتا ہے۔ اس وقت جبکہ سب دروازے بند ہو چکے ہیں، اکیلا یہ کھلا ہے۔ صاف سیدھا راستہ، تنہا راستہ، پھوٹی آنکھ کا دیدہ۔

ڈولی رکھی ہی تھی کہ پاس کے ایک بڈھے فقیر نے ماں کی گالی دے کر کہا: ''ابے ادھر کہاں آیا؟ بھاگ یہاں سے۔''

پھر تو آس پاس کے سب فقیر گالیاں دینے اور غل مچانے لگے۔ کیوں کہ ان کی ڈولی دیکھ ہر ایک کو اپنی روزی کی پڑ گئی تھی۔ فقیرا کی تو یہ ہنگامہ دیکھ کر جان ہی نکل گئی۔ اس نے جھٹ ڈولی کا ڈنڈا کاندھے پر رکھا وہاں سے ٹلنا چاہا مگر گھسیٹے نے دیکھا کہ ان گیدڑ بھبکیوں سے اگر دبا تو پھر اس برادری میں گھس چکا۔ اس نے دو چار ماں، بہن کی سُنا کر کہا: ''تمہارے باپ کی زمین ہے چپ

رہو ورنہ سب کے سر پھوڑ دوں گا۔"

ڈانٹ سنتے ہی فقیر تو ذرا ذرا بڑبڑا کر چپ ہو گئے مگر بوڑھیاں اسی طرح کائیں کائیں کرتی رہیں۔ آخر ایک نمازی نے جو جماعت کے لالچ میں دوڑا جا رہا تھا، ان کو ڈانٹ کر کہا: "چپ رہو بدنصیبو نماز ہو رہی ہے۔"

نماز کے خیال سے یا ڈانٹ کے ڈر سے، کسی نہ کسی وجہ سے خاموشی ہو گئی۔ اگر کوئی بات نہ ہوتی تو بھی خاموشی ہو جاتی۔ کیونکہ اس سے زیادہ احتجاج کرنے کا بوتا ان لوگوں میں تھا ہی نہیں اور دوسرے گھسیٹے بھی اب جگہ پر پورا قبضہ پا چکا تھا۔

ابھی نمازی نکلنا نہیں شروع ہوئے تھے۔ لیکن وہاں کی فضا سے فقیرا ایسا متاثر ہوا کہ اس نے بے سمجھے بوجھے بڑھیا کو ایک انگلی شیرا چٹا دیا۔ شیرا لگتے ہی گراموفون کے ریکارڈ کی طرح وہ بجنے لگی اور مشین کی طرح اُس کے جبڑے اور ہاتھ چلنے لگے۔ اسے دیکھ کر ایک دو برس کے بچّے نے جسے ایک شخص پھونک ڈلوانے کو لایا تھا، گود میں سہم کر زور سے چیخ ماری اور بسورنے لگا۔ ایک جوان اینگلو انڈین لڑکی ہاتھ میں بٹوا لئے ادھر سے گذر رہی تھی۔ اس نے جو بڑھیا کو دیکھا تو ایک بار سر سے پاؤں تک کانپ گئی۔ جیسے ایسا ہی بھیانک بڑھاپا اس کا پیچھا کر رہا ہو۔ اس نے بے تحاشا دو پیسے نکال کر بڑھیا کے آگے پھینک دیے۔ بالکل اسی طرح جیسے کوئی بوڑھے کتے کے سامنے تر نوالے پھینک دیتا ہے کہ وہ ہمیں بھول کر اس میں جٹ جائے۔ پیسے بڑھیا کے سامنے لگے ہوئے چیتھڑوں کے انبار میں ڈوب کر غائب ہو گئے۔ اب گھسیٹے کو اپنی ایک غلطی کا احساس ہوا۔ بھیک کوئی اس کے ہاتھ میں تھوڑی دے گا، دیگا بڑھیا کو۔ اس کے سامنے کوئی چادر ہونی چاہئے جس پر آکر پیسے گریں۔ گھسیٹے نے جلدی سے اپنی انگوچا بڑھیا کی گود میں پھیلا دیا۔

نماز ختم ہوئی اور نمازی غول کے غول باہر نکلے۔ فقیروں نے شور مچانا شروع کر دیا۔ بھوکا ہوں بابا، بھوکا ہوں بابا، ایک فقیرنی گھگھیانے لگی جیسے کوئی نئی نویلی بیوہ سسکیاں بھرتی ہو۔ ایک لنگڑا حلق پھاڑ پھاڑ کر آوازیں لگانے لگا۔ "جب دیگا اللہ ہی دیگا" فقیرا بھیڑ بھاڑ دھکم دھکا اور شور

ہنگامے سے ایسا بھونچکا ہوا کہ منہ پھیلا کر ایک طرف تکنے لگا اور شیرا چٹانا بھول گیا۔گھسیٹے نے چلا چلا کر اسے کئی بار حکم دیا مگر جب دیکھا جب اس کے حواس بالکل غائب ہیں تو جلدی سے پتہ چھین کر خود ہی چٹا دیا۔شیرے کا لگنا تھا مشین پھر تیزی سے چلنے لگی۔مگر پھر بھی لوگ ادھر متوجہ نہیں ہوئے۔گھسیٹے نے فوراً محسوس کیا کہ کیا کمی ہے۔پہلے سے اس نے کوئی صدا سوچی نہیں تھی۔جلدی میں اس کے منہ سے نکلا ''اللہ ہر آفت سے بچائے۔''اس صدا کو اس طرح دینے لگا، جیسے کوئی والنٹیر انقلاب زندہ باد کہے، کیوں کہ دوسری لے اسے یاد ہی نہ آئی۔اس کی صدا میں اگر تاثیر تھی تو صرف اتنی کہ لوگ ادھر دیکھ لیتے، دیکھتے ہی بڑھیا پر نگاہ پڑ جاتی تھی۔

یہ درد انگیز نظارہ دل کو ویرانی اور وحشت سے بھر دیتا تھا۔جس کی دوا صرف بھیک کے چند پیسے تھے۔بڑھیا کے سامنے پیسوں کی بارش ہونے لگی۔آس پاس کے فقیر یا تو خالی ہاتھ یا ایک ایک دو دو پیسے لئے حسرت سے ان دونوں خوش نصیبوں کو تک رہے تھے اور دل ہی دل میں کڑھ رہے تھے کہ ہمارے پاس بھی کوئی ایسی ہی بڑھیا چیز کیوں نہیں ہے۔گھسیٹے اپنی اتنی کامیابی دیکھ کر خوشی غرور سے متوالا ہو گیا۔اور خوب کڑک کر صدا لگانے لگا آج زندگی میں پہلا دن تھا کہ جس پیشہ میں وہ گھسا تھا اس میں چوٹی پر جگہ ملی تھی۔حسرت رہی کہ کبھی ایسا ہوتا کہ جس پیشے میں گھسوں اس کا اچھا سامان، اس کا سب اونچ نیچ معلوم ہو مگر آخر دونوں نعمتیں میسر آ ہی گئیں۔میرے پاس جو سامنے ہے وہ کسی کے پاس نہیں اور میں صدا بھی کیا خوب لگا رہا ہوں۔سب خدا کی دین ہے۔آخر وہ کب تک اپنے بندے کا امتحان لیتا دیکھو پیسے کیسے برس رہے ہیں! تو ہی داتا ہے تو جیون کا کھیون ہارے ہے مالک۔اماں زندگی بھر کوشش کر مریں کہ کچھ پیسہ جوڑ کر گھر کی حالت سدھاریں ایک ایک بات کے پیچھے جان دے مریں مگر کچھ نہ ہوا اور اب ہوا بھی تو کیسی آسانی سے۔یہ خدا کے کارخانے ہیں ____ حیلے روزی بہانے موت۔

سہ پہر کی سنہری دھوپ میں گھسیٹے اور فقیرا ڈولی لئے شہر کے باہر ایک شاہی کھنڈر کے پاس آئے۔دونوں سارا دن ڈولی لادے لادے پھیری لگاتے پھرتے رہے، تکان سے چور چور تھے

مگر پھر بھی آنکھوں میں اطمینان اور خوشی موجیں مار رہی تھی۔ مست تھے، گا رہے تھے اور زور زور سے ہنس ہنس کر باتیں کر رہے تھے۔

ایک کھنڈر کے سائے میں یہ ڈولی اتار دی گئی۔ گھسیٹے نے بھیک کی جھولی کھولی۔ اس میں پانچ چھ آدمیوں کے کھانے بھر روٹیوں کے ٹکڑے، دال بھات اور ترکاری ملی جلی بھری تھیں۔ ان پر ایک نظر ڈال کر ماں کی گالی دے کر ایک طرف پھینک دیا۔ پھر ذرا اطمینا سے بیٹھ کر ایک پوٹلی کھولی جس میں تھیں بہت سی تیل کی پوریاں، کئی قسم کی ترکاریاں، نمکیل مٹھائی، چٹ پٹے کباب، مولیاں اور بیڑی کا بنڈل۔ آج کے پھیرے میں پونے دو روپے ملے تھے۔ جس میں سے ڈیڑھ کی یہ سب خریداری تھی اور چار آنے بھی گھسیٹے کی جیب میں اچھل رہے تھے۔ گھسیٹے نے سب نعمتیں نکال کر سامنے یہاں سے وہاں چن دیں۔ سب ملا کر چار آدمیوں بھر کھانا تھا۔ دونوں کی زندگی میں یہ پہلا موقع تھا کہ سامنے نعمتوں کا ڈھیر تھا جس طرح چاہے کھاؤ اور جو چاہے پھینکو۔ پہلے دونوں نے مٹھائی ایک ایک ڈلی منہ میں ڈالی اور بدحواسی سے ان کو نگل گئے۔ پھر مر بھکوں کی طرح مٹھائی پر ٹوٹ پڑے گویا زندگی بھر کی بھوک اسی ایک آن میں بجھا دیں گے۔ پوریوں کی باری آئی، ایک پوری کا ایک نوالہ۔ کس کس کر دو چار دانت مارتے اور پھر غپ سے دوزخ میں اتار لیتے۔ اس شور سے بڑھیا جو سو رہی تھی جاگ پڑی اور جاگتے ہی کھانا مانگنے لگی ہاب دونوں کو وہ بھی یاد آئی۔ گھسیٹے اس کی طرف پیار سے دیکھ کر ہنسا اور اسے اٹھا کر ٹیک لگا کر بٹھا دیا۔

"لو آج تم بھی مزے دار چیزیں کھا لو۔ کبھی کا ہے کو کھائی ہوں گی۔"

گھسیٹے نے کچھ ٹکیاں اس کے منہ میں دے دیں۔ وہ جلدی سے ان کو نگل گئی اور نگلتے ہی بدحواسی سے باب، باب کرنے لگی۔ حیرت کی بات ہے وہ کسی نہ کسی طرح ہاتھ پیروں کو ہلا جلا کر آگے سرک آئی۔ گویا کہ چاہتی تھی ایک ایک جھپٹا مار کر سب کچھ ایک دفعہ اپنے منہ میں بھر لے۔ نقیرا اور گھسیٹے کے لئے دشواری یہ تھی کہ خود کھائیں یا اسے کھلائیں۔ ادھر اس کے منہ میں کچھ دیتے اور اُدھر وہ نگل کر مانگنے لگتی ____ گھسیٹے جھلّا کر بولا ____ "لو تم بھی کیا یاد کرو گی۔"

دانت سے کاٹ کر مولی کا ایک ٹکڑا بڑھیا کے مُنہ میں دے دیا۔ بڑھیا فوراً خوش خوش اسے چبانے لگی مگر چبتا کیا وہ بار بار منہ سے نکل آتا اور پھر کسی نہ کسی طرح کانپتے ہاتھوں سے اسے اندر ٹھیل لیتی۔

دونوں پھر اپنا پیٹ پاٹنے میں جُٹ گئے ذرا دیر میں بڑھیا کھانسی۔ اس کے حلق میں ٹکڑا پھنس گیا۔ آنکھیں چڑھ گئیں اور آگے پیچھے جھوم جھوم کر سوں سوں کرنے لگی۔ معلوم ہوتا تھا کہ اب دم نکلا اور تب دم نکلا۔ گھسیٹے اُسے مرتے دیکھ کر کھانا بھول گیا اور جلدی سے انگلی ڈال کر اس کے حلق سے ٹکڑا نکال لیا۔ نکلتے ہی بڑھیا نے ایک چیخ ماری جیسے کسی نے اس کا خزان لوٹ لیا ہو اور حلق پھاڑ پھاڑ اسے پھر مانگنے لگی۔ اب گھسیٹے نے اسے مشغول رکھنے کو ہاتھ میں ایک رس گلا پکڑا دیا۔ بڑھیا نے اسے اپنی مٹھی میں زور سے دبا لیا اور منہ کی طرف چلی۔ مگر ایک تو ہاتھ کانپ رہا تھا اور دوسرے رس گلّے کی پکڑ بے تکی تھی، وہ کسی طرح منہ کے اندر نہ جاسکا۔ رس گلا دب رہا تھا۔ اس کا شیرا ٹھڈی باچھوں سے ہوتا ہوا گلے پر اور گلے سے چھاتیوں میں بہہ رہا تھا۔ بڑھیا ساری کی ساری میٹھی ہو گئی تھی۔

ماں اور بیٹے کھاتے چلے جاتے تھے۔ نہ یہ تھکتی اور نہ وہ۔ رفتہ رفتہ بیٹوں کا ہاتھ تو سُست ہوتا گیا مگر ماں کا باب باب تیز ہی ہوتا گیا۔ آخر جب گھسیٹے اور فقیرا میں نگلنے کی بالکل سکت نہ رہی تو دونوں نے بچا کھچا کھانا آگے سے سرکا دیا، اور وہیں پڑ کر بیڑیاں پینے لگے۔ بڑھیا چلّاتی رہی۔ آخر چلّاتے چلّاتے تھک کر وہ بھی ٹوکرے میں گر پڑی۔

فقیرا بہت خوش تھا۔ اس کے دل میں اب تو یہ خیال تک نہ تھا کہ اگر کہیں کسی کو معلوم ہو گیا تو کیا ہو گا؟ اب اس کے سامنے ایک دنیا تھی جس میں چھپر نیا ہو گیا تھا۔ اس میں ایک طرف لپا پتا چولہا تھا جسے رمضانی کی بیوہ جھکی ہوئی پھونک رہی تھی۔ جب چراغ جلے بکریوں کا ایک بڑا سا گلہ لئے وہ واپس آتا ہے تو رمضانی کی بیوہ جلدی جلدی گرما گرم سُرخ روٹیاں پکا کر سامنے رکھ دیتی ہے۔ تھالی میں (گھر میں پھول کی تھالی بھی آ گئی ہے۔) ایک طرف بکری کا مسکا بھی ہے ____ فقیرا خوش

تھا۔ بہت خوش۔

گھسیٹے کی طبیعت بھی زوروں پر تھی۔ زندگی میں پہلی بار کامیابی ہوئی تھی۔ کامیابی سی کامیابی! پونے دو روپے اور صرف ایک دن میں! پچاس روپیہ مہینہ! افوہ! اگر ہم کہیں کلکتہ میں ہوتے تو وہاں کتنی آمدنی ہوتی! پھر جب روپیہ ہو تو کلکتہ کی زندگی! سنگل چائے، بیڑیاں، تاڑی خانہ، بھنا گوشت، وہ سالی نخریلی رنڈیاں، وہ ان کا مٹک مٹک چلنا، گود میں بل کھا کھا جانا۔ گھسیٹے مسکرانے لگا۔ کچھ دیر انہی خیالوں میں ڈوبا رہا۔ پھر ذرا سنجیدہ ہو گیا۔ سوچنے کی بات ہی تھی۔ فقیرا نے سارے گھر پر قبضہ کر لیا ہے۔ سب بکریاں اپنی کر لی ہیں۔ حصہ مانگا تو سر اگڑتا ہے۔ جی چاہتا ہے سر پھوڑ دوں سالے کا۔ اب اماں میں بھی حصہ بٹائے گا ____ نہیں ایسا نہیں ہو سکتا۔ آخر میں بھی تو اس کا لڑکا ہوں اور اب فقیرا کا حق ہی کیا ہے؟ وہ سب کچھ تو لے چکا۔ اتنے دنوں تک اماں بھی اسی کی رہی، آخر مجھے بھی تو کچھ ملے۔ اماں کو میں نہیں دے سکتا۔ اگر وہ تکرار کرے گا تو ماروں گا، سر پھوڑ دوں گا ____ حرامی سالا فقیرا!''

گھسیٹے سوچ سوچ کر کھولنے لگا فقیرا اتنی دیر میں اونگھ گیا تھا۔ گھسیٹے نے اسے جھنجھوڑ کر جگایا اور کہا۔ ''فقیرا سونا بعد میں پہلے حصہ بانٹ لو۔ آج یہ جھگڑا چک جانا چاہیے۔''

''کاہے کا حصہ بانٹ؟''

''ہاں اب تو کہوگے کاہے کا حصہ۔ ارے گھر کا، بکریوں کا اور جو کمایا ہے اُس کا۔''

فقیرا تلملا کر اُٹھ بیٹھا۔

''پھر وہی گھر بکریاں۔ ہزار بار کہہ دیا کہ ابا کا بنایا چھپر پندرہ برس ہوئے جب ہی سڑ گل کر ختم ہو گیا تھا۔ یہ میں نے بنوایا ہے۔ اور وہ بکریاں بھی مر کھپ گئیں۔ یہ سب میری پالی ہوئی ہیں چلا ہے حصہ بانٹ کرنے اور اتنے دنوں تو جو ہماری روٹی توڑتا رہا ہے؟''

فقیرا اب شہر والا فقیرا نہیں تھا۔ شہر سے نکلتے ہی پھر شیر ہو گیا تھا۔

گھسیٹے غصے میں مگر سمجھانے کے انداز میں کہنے لگا: ''اچھا چلو گھر تم لے جاؤ اور بکریاں بھی تم

ہی لے جاؤ۔ مگر لاؤ ہماری لتاں کو ہمیں دے دو۔ اتنے دنوں اگر تم نے کھلایا ہے تو اب ہم بھی کھلائیں گے۔

''ہاں اب تو تو کھلائے ہی گا؟ پندرہ برس میں پالتا رہا۔ گو، موت صاف کرتا رہا۔ تب لتاں کی یاد نہ آئی۔ اب جو کمائی کے قابل ہوگئی تو لتاں تیری ہے۔ تجھے دے دوں؟ مجال ہے تیری تو لے جائے؟''

گھسیٹے پر بھوت سوار ہوگیا اور وہ غصے میں ماں کی طرف لپکا۔ جیسے اس کو جیب ہی میں تو رکھ لے گا، مگر فقیرا فوراً کود کر سامنے آگیا اور لگا گھسیٹے کو گالیاں دینے۔ گھسیٹے کا پارہ حد سے اونچا ہوگیا۔ اس نے بڑھ کر فقیرا کو زور سے دھکا دیا اور دوڑ کر بڑھیا کو اس طرح ہاتھوں میں دبوچ لیا گویا گھری ہے۔ جس طرح بلی چوہے پر جھپٹتی ہے فقیرا بڑھیا پر جھپٹا اور اس کے سر اور کمر میں ہاتھ دے کر اپنی طرف کھینچنے لگا۔ بڑھیا اس بلی کی طرح جس کا بچہ مر گیا ہو عوعو کر کے حلق پھاڑ پھاڑ رونے لگی۔ مگر ان دونوں کی گالیوں اور غل غپاڑے کے نیچے اس کی آواز دب گئی۔ تھوڑی دیر چھینا جھپٹی ہوئی تھی کہ بڑھیا فقیرا کے ہاتھوں میں گئی تھی۔ نہ جانے فقیرا جیسے ہی اس کو گالیاں دیتا پیچھے ہٹا ہے گھسیٹے بھوکے بھیڑیے کی رطرح اس پر پھاند پڑا۔ وہ تڑ سے کھڑے قد نیچے گر پڑا۔ اور بڑھیا چیختی، قلابازی کھاتی ایک طرف جا پڑی۔ گھسیٹے فقیرا پر چڑھ بیٹھا اور دونوں ہاتھوں سے اس کا گلا گھونٹنے لگا۔ فقیرا کا اور تو کوئی بس نہیں چلا وہ نیچے سے اس کے سینے اور منہ پر گھونسے جمانے لگا۔ گھسیٹے جیسے جیسے گھونسے مارتا ویسے ویسے زور سے گلا دباتا۔ آخر فقیرا کے ہاتھ پاؤں ڈھیلے پڑ گئے۔ گھسیٹے نے کس کس کر دو جھٹکے اور دیے۔ فقیرا کی آنکھوں کے ڈیلے غلوں کی طرح باہر نکل آئے، منہ بھیانک ہوگیا اور ہاتھ پاؤں بر بر گئے۔ اب گھسیٹے کا غصہ اترا اور پتہ چلا کہ میں نے کیا کیا۔ وہ کانپ کر کھڑا ہوگیا اور سکتے کی سی حالت میں فقیرا کو گھورنے لگا۔ اس کا چہرہ رام لیلا کے بچا کی طرح ہونق ہوگیا۔

تھوڑی ہی دیر میں گھسیٹے نے اپنے حواس درست کر لیے۔ کلکتہ میں ایسے ایسے کئی قصے یہ دیکھ

چکا تھا۔ کئی بار ایسا ہوا کہ اس کے ساتھوں میں آپس میں لڑائی ہوئی اور ایک نے دوسرے کو مار ڈالا۔ ڈر کس بات کا؟ فقیروں کے مرنے جینے کی کسے پروا ہوتی ہے۔۔ مر گیا____ مر گیا____ ہا____ فقیرا____ ناحق مرا۔ مان لیتا میری بات۔ میں نے کیا برا کہا تھا کہ اتنے دنوں تک لتاں تم نے رکھی ہے۔ اب مجھے دے دو۔ ارے ہاں۔ میں بھی تو کچھ دنوں زندگی کی بہار دیکھ لوں ۔میرے بھی تو جان ہے۔ مجھے اینٹ پتھر سمجھا تھا، جیسا کیا ویسا بھگتا۔

ہاں جلدی سے لتاں کو لو اور بھاگو____ پیاری لتاں____ کلکتہ وہاں کی بھیک کا کیا کہنا!! اب مزا ملے گا کلکتہ کا۔

گھسیٹے جلدی سے بڑھیا کی طرف مُڑا، دیکھا تو وہ آدمی چت آدمی پٹ، مٹی کے چونتھ کی طرح ڈھیر ہے۔؟ آنکھیں چڑھ گئی ہیں۔ منہ کلھیا کی طرح کھلا ہوا ہے اور اس میں سے رہ رہ کر بلغم اور تھوک میں لتھڑی آدھی چبی آدھی پوری غذا انگل رہی ہے۔ ٹکیاں، گلاب جامن، پوری کے بھیگے ہوئے ٹکڑے۔ لونڈے کے لونڈے۔ زرد زرد پھین۔ گھسیٹے نے بڑھ کر ہاتھ لگایا____ بڑھیا میں کچھ نہیں تھا۔

سورج ڈوب گیا تھا۔ کھنڈر کا ہر کونا بلاؤ کا بھٹ معلوم ہوتا تھا۔ پت جھاڑ ہوا کے جھکڑ سینکڑوں میل سے درختوں کو تاراج کرتے مردہ پتیوں کو اٹھا اٹھا کر پٹکتے۔ وحشت ناک سُروں میں سائیں میں سائیں کرتے ایک طرف سے آ رہے تھے اور دوسری طرف بھاگے جا رہے تھے۔ معلوم ہوتا تھا کہ ہر چیز کو اُڑا کر لے جائیں گے۔ گھسیٹے ہکا بکا کھڑا تھا۔ اس کے ایک طرف بھائی کی لاش تھی اور دوسری طرف ماں کی۔ دونوں کے پہلو میں اس کی آخری کوشش کی بھی لاش تھی۔ جب تک ماں زندہ تھی بھیک کا ٹھیکرا تھی مگر مر کر وہ اس کی دل میں سچ مچ ماں بن گئی تھی۔ یہ وہی ماں تھی جو اس کے ہر دکھ پر بیتاب ہو جاتی تھی۔ اس کی ہر خوشی پر اپنی خوشی قربان کر دیتی تھی۔ فقیرا بھی آخر بھائی ہی تھا۔ زندگی کا سہارا۔ اس کی یاد کلکتہ کی بے کسی میں بھٹکے مسافر کا دیا تھی۔ ان دونوں کے مرتے ہی جو رہا سہا دنیا کا رشتہ تھا وہ بھی ٹوٹ گیا۔ سمجھتا تھا کہ اب تو کشتی کنارے لگ چکی ہے پیشہ

مل گیا ہے اور اس کا بہتر سے بہتر سامان ہاتھ آ گیا ہے۔ سب کچھ مل گیا تھا مگر ابھی خود اس کے قابل نہیں بنا تھا ______ امید کی آخری کرن ڈوب گئی۔ اب زندگی کی اتھاہ مصیبتیں، طوفانی سمندر کی طرح آگے پیچھے، دائیں بائیں، اوپر نیچے ہر طرف تھیں۔ اس کے بھیانک بھنور منہ پھاڑے بڑھ رہے تھے اور پاس تنکے کا سہارا نہ تھا۔

گھسیٹے سر جھکائے افق کی طرف چل کھڑا ہوا۔

الیاسف نے پہلے بستی کو جانے کا خیال کیا مگر خود ہی اس خیال سے خائف ہو گیا۔ اور الیاسف کو بستی کے خالی اور اونچے گھروں سے خفقان ہونے لگا تھا اور جنگل کے اونچے درخت رہ رہ کر اسے اپنی طرف کھینچتے تھے۔ الیاسف بستی واپس جانے کے خیال سے خائف چلتے چلتے جنگل میں دور نکل گیا۔ بہت دور جا کر اسے جھیل نظر آئی کہ پانی اس کا ٹھہرا ہوا تھا۔ جھیل کے کنارے بیٹھ کر اس نے پانی پیا۔ جی ٹھنڈا کیا۔ اسی اثنا میں وہ موتی ایسے پانی کو تکتے تکتے چونکا۔ یہ میں ہوں؟ اسے پانی میں اپنی صورت دکھائی دے رہی تھی۔ اس کی چیخ نکل گئی۔ اور الیاسف کو الیاسف کی چیخ نے آلیا۔ اور وہ بھاگ کھڑا ہوا۔

☆☆

قاضی عبدالستار

مالکن

۱۹۵۰ء میں جو سیلاب آیا تھا، اس نے سیتا پور سے لے کر لکھیم پور کھیری تک کے سارے "گانجر" کے علاقے کو تہس نہس کر کے رکھ دیا تھا لیکن گھاگھرا نے کمال ہی کر دیا صدیوں سے بنا بنایا راستہ چھوڑ کر سات میل پیدل چل کر آئی اور سڑک کاٹنے والے انجن کی طرح چھوٹے موٹے دیہاتوں کو زمین کے برابر کرتی ہوئی رونق پور میں داخل ہو گئی۔ رونق پور پہلے ہی سے خالی ڈھالی کی طرح ننگا پڑا تھا سارے گاؤں میں بس حویلی کھڑی تھی۔ حویلی کی کھڑکیوں سے اکا دکا بدحواس آدمیوں کے چہرے نظر آ جاتے تھے جیسے شہد کی مکھیوں کے بڑے چھتے لٹک رہے ہوں۔ حویلی کچی تھی لیکن کوئی سو برساتوں کے خلاف سینا تانے کھڑی تھی۔ اس کی دیواروں کے چوڑان پر جہازی پلنگ بچھائے جا سکتے تھے مشہور تھا کہ ایک نوسکھیا چور رونق پور کے نجیب الطرفین کا مہمان ہوا۔ رال ٹپکاتی نظروں سے دیکھ ہتھیلیاں کھجلانے لگا اور کنکھیوں سے ہاتھ کی صفائی دکھلانے کی اجازت طلب کرنے لگا میزبان کو دل لگی سوجھی اس نے کچھ اتا پتا بتا کر آدھی رات کو رخصت کر دیا۔ مہمان ایک دیوار پر سابر لیکر جٹ گیا کھودتا رہا۔ یہاں تک کی فجر کی آذان ہو گئی۔ دیوار اسی طرح کھڑی تھی اسی ٹھاٹ باٹ سے کھڑی تھی۔ وہ بیچارہ نامراد واپس ہوا۔ لیکن بنانے والوں نے حویلی بنائی تھی "جل بھون" نہیں بنایا تھا اوپر سے ہتھیا نکھت برستا تھا اور نیچے برجھائی ہوئی مست ہتھنی کی طرح گھاگھرا چولی کر رہی تھی۔ پہلے پھاٹک گرا پھر دیوان خانہ جو ڈیوڑھی گر گئی اور اندر کئی درجے بیٹھ گئے جب چودھری گلاب کی نمک حلالی کو غیرت آئی۔ علاقے بھر کے نامی کہاروں اور پچھڑوں کی چھوٹی سی فوج بنائی اور ان کے بازو کے بجرے پر چڑھ کر تھان گاؤں سے نکلے اور رونق پور کی حویلی

پر اتر گئے دروازے کی اوٹ میں کھڑی ہوئی مالکن کو کانپتی ہوئی آواز میں خطاب کیا۔

''حضور اب بھی کچھ نہیں بگڑا ہے حکم دیجئے تو جان پر کھیل کر پالکی چڑھا لاؤں اگر سرکار کی جوتیاں تک بھیگ جائیں تو جو چور کی سزا وہ میری سزا۔

تھوڑی دیر تک سناٹا رہا۔ گھاگھرا کی پاگل موجوں کی دل ہلا دینے والی بھیانک آواز کے سوا کوئی آواز نہ تھی۔ چودھری گلاب نے آہستہ سے پھر کہا ___ تو آواز آئی۔

''تم کیسی باتیں کرنے لگے ہو چودھری گلاب خدا نہ کرے میں اپنی زندگی میں حویلی کے باہر قدم نکالوں اور مرنے والے کے نام پر سیاہی لگاؤں۔ کوئی سو برس پہلے یہی جہاں اب حویلی کھڑی ہے یہاں رونق پور کا قلعہ تھا۔ اسی طرح گھاگھرا کی موجوں کی طرح انگریزوں کی توپیں آئی تھیں۔ ان سے آگ برستی تھی اور قلعہ جل کر خاک ہو گیا تھا تو کیا ہم بھاگ گئے تھے۔؟......ہم مٹ گئے تھے۔ سو ہم آج پھر مٹ جائیں گے۔'' چودھری گلاب کھڑے رہے مالکن پیچوان کی کڑکڑاہٹ سنتے رہے۔

ہندوستان تقسیم ہو چکا تھا۔ میر محمد علی بیگ مر چکے تھے۔ میر محمد علی بیگ کی بیوہ رونق پور کی ''مالکن'' پر کسٹوڈین کی مصیبت نازل ہو چکی تھی۔ میر محمد علی بیگ نے نقدی میں چھوڑا ہی کیا تھا؟ اور انہیں کچھ چھوڑنے کی پڑی ہی کیا تھی! نہ آل نہ اولاد، ایک میاں بیوی اور اتنی بڑی جائداد۔ مالکن نے گہنے پاتے بیچ کر حکومت کو یقین دلانے کی کوشش کی کے میر محمد علی بیگ پاکستان نہیں قبرستان گئے ہیں۔ برسوں کی مسلسل اور یقین دہانی کے بعد ایک روز چودھری گلاب الٰہ آباد سے یہ پروانہ لائے کہ حکومت نے مان لیا کے واقعی میر محمد علی بیگ پاکستان نہیں قبرستان گئے ہیں وہ رات عجیب رات تھی۔ مالکن ساری رات جانماز پر بیٹھی رہی ساری رات شکرانے کی نمازیں پڑھتی رہی۔ عورت ساری رات حقے کی چلمیں بھرتی رہی اور چلمیں سلگ سلگ کر جلتی رہیں اور صبح ہوتے ہی حویلی کے سامنے پٹواری نے ڈگی پیٹ کر زمینداری کے خاتمے کا اعلان کر دیا پھر تو جیسے لنکس مچ گئی۔ دور دور تک پھیلی ہوئی زمینیں اور باغ درخت گھٹیا بتاشے کی طرح بٹ گئے جیسے بندوق کا فائر

ہوتے ہی پرندوں کے غول اُڑ جائیں۔ مگر مالکن نے ہمت نہ ہاری چودھری گلاب کو ہدایتیں دے کر انگنت مقدمیں لڑتی رہیں۔ جیسے حضرت محل نے غدر میں فوجیں لڑائیں تھی شکست تو حضرت محل کی طرح رونق پور کی مالکن کو بھی ہوئی۔ لیکن حضرت محل کی طرح رونق پور کی مالکن نے شکست مانی نہیں مگر کب تک؟ایک ایک کر آدمی بکھرنے لگے عورتیں نکلنے لگیں آخر چودھری گلاب نے بھی جانا کم کردیا اور پیٹ کا دوزخ بھرنے کے لئے تیرے میرے لئے مقد میں لڑانے لگے ہولی دیوالی پر آتے اور پاؤ سیر مٹھائی کا دونا نذر میں بھیجتے اور وضع داری کو نبھائے جاتے۔

مقدمے جونک کی طرح لگ گئے اور مالکن کا ایک ایک قطرہ چوس لیا۔ اور اندر سے باہر تک سب اجڑ گئے۔ بیل، شامیانے جھلداریاں، جاجے، قالین، دیغ، پتیلے کرسی، میزیں، پلنگ، پیڑھی سب باورچی خانے کو زندہ رکھنے کے لئے کر مرگئے۔

پھر ایک دن جب وہ نماز پڑھ کر اٹھیں۔ مونجھ کی پٹاری کے پان دان سے کھجور کی گٹھلیوں کے دو ڈلے اور چی کے تمباکو کا پھنکا لگا لیا اور کھنڈر کے اس حصے کی طرف چلیں جو کسی زمانے میں باورچی خانہ کہلاتا تھا۔ بغیر دروازوں کے لبے چوڑے کمرے کے کونوں میں لڑھکی ہوئی مٹی کی ہانڈیوں کے منہ دیکھے جوان کے پیٹ کی طرح خالی تھے گھٹنوں پر ہتھیلیاں جما کر آہستہ آہستہ وہیں زمین پر بیٹھ گئیں جیسے جواری سب کچھ ہار کر بیٹھ رہے۔ ان کے لنگڑاتی ہوئی نگاہیں اس سنسان ویران لق ودق کھنڈر میں دیکھتی رہی، جس کی چھتیں گر چکی تھیں۔ دھنیاں جل چکی تھیں۔ دروازے بک چکے تھے اور جس کی درو دیوار خدمت گزار انسانوں کی مودب پرچھائیوں کے رت جگوں کو ترستے تھے اور شاید ترستے ہوئے بھول چکے تھے ان کی بھوکی آنکھوں سے دو میلے میلے آنسو گرے اور پیوبند لگے ہوئے موئی تنزیب کے میلے دوپٹے میں کھوگیے پھر انہوں نے ایک انجانی آہٹ محسوس کی اور کسی نے اُن کے کندھے پر ہاتھ رکھ دیا لیکن کانوں سے ٹکراتی ہوئی اس مقدس آواز کو سنتی رہیں جس میں ماتا کا رس ٹپک رہا تھا۔

”زیب النساء بیگم ....تم اشراف زادوں کی اولاد ہو جن کی تلوار نے سلطنتوں کی

تقدیریں لکھی ہیں اور تخت و تاج کے فیصلے کیسے ہیں تم ان درویشوں کی بیٹی ہو جن کی قلم نے قرآن شریف نقل کیے ہیں اور پیٹ بھرا ہے۔تم تلوار نہیں ہلا سکتیں.......تم قلم نہیں اٹھا سکتیں.......لیکن تم سوئی تو چلا سکتی ہو تمہارے ہاتھ کے انگر کھے پہن کر میں نے چھتر منزل کلب کی میموں کے ساتھ ڈنر اڑائے ہیں اور لنچ کھائے ہیں....... کیا کہا تم نے؟ اب انگر کھے کون پہنتا ہے؟.......اب اگر انگرکھے نہیں پہنتا تو کوئی نہ کوئی کرتے ضرور پہنتا ہوگا.......تم کو یاد ہے؟ میں نے لکھنؤ سے کتاؤ کے جو کرتے سلوائے تھے ان کی سلائی اس سستے زمانے میں کیا تھی؟ پانچ روپے فی کرتا تم ویسا کرتا دو دن میں سی سکتی ہو۔"

جب وہ اٹھیں تو ان کی بے پناہ بے قراری کو قرار آ چکا تھا۔جیسے ایک بھیانک خواب دیکھ کر جاگ اٹھی ہوں جیسے سارے دن کی سخت محنت کے بعد ٹھنڈے ٹھنڈے پانی سے نہا کر باہر نکلیں ہوں۔وہ بڑے حوصلے سے قدم اٹھا رہیں تھیں کہ اس طرف سے آواز آئی جہاں کبھی ڈیوڑھی ہوا کرتی تھی۔انہوں دوپٹے کو اس طرح بنا کر اوڑھا کے تمام پیوبند ادھر ادھر ہو گئے اور کچے آنگن میں آہستہ آہستہ قدم رکھتی ہوئیں اس ویران پھٹکے کے پاس آکر کھڑی ہو گئیں جو کبھی کے گرانڈیل منقش دروازے کا سہارا تھا۔

"میں ہوں مالکن.......گلاب لال۔"

"اچھے ہو.......چودھری گلاب؟"

"مالکن کی کرپا ہے......."

"کیسے آ گئے۔"

"ایک سندیسہ آیا ہے۔"

"کیا۔"

"پاکستان سے خان صاحب آئے ہیں ___ وہ جو بڑی مسجد کے پچھواڑے رہتے تھے۔"

"ہاں ہاں منے خاں.......جن کا بھتیجہ ہمارے یہاں سپاہیوں میں تھا۔"

''جی ہاں۔ جی ہاں وہی۔ ان کے تو بڑے رتبے ہیں پاکستان میں سب لڑکے ان کے بڑی بڑی جگہوں پر ہو گئے ہیں۔''

''اچھا۔''

''جی ہاں........ موٹر پر آئے ہیں وہ لکھنؤ سے آپ کے بھائی افضل مرزا صاحب جو آج کل کراچی میں بڑے کمشنر ہیں انہوں نے کہلا بھیجا ہے کہ آپ چلی آویں۔''

''افضل مرزا میرا بھائی تھوڑی ہے موا........ میرے ایک رشتے کے چچا کا بیٹا ہے۔''

''تو انہوں نے آپ کو بلایا ہے........ بلکہ خاں صاحب تو کہتے تھے کے ان کو پاس پوٹ بھی انہوں نے اس لئے بڑی دوڑ دھوپ کر کے دلایا ہے کہ وہ آپ کو اپنے ساتھ لے آویں۔''

''مجھ کمبختی کی ماری پر اب ایسے پیمبری کے وقت پڑ گئے ہیں کہ موئے ایروں غیروں کے ساتھ دوسرے ملک سدھار جاؤں گی۔ اس سے کہنا کہ اپنے ہوتوں سوتوں کو سمیٹ لے جائے اپنے ساتھ پاکستان کو........ مجھے تو اب ایک ہی جگہ جانا لکھا ہے جب تک حکم نہیں آتا تب تک بیٹھی ہوں۔''

''وہ کہہ رہے تھے۔''

''گولی مارو چودھری گلاب........ کہنا سننا کا ہے کا........''

''جی........ بہتر ہے''

''ہاں میں تم سے ایک بات کہنے والی تھی۔''

''حکم۔''

''یہاں رونق پور میں یا........ کسی اور گاؤں میں کوئی........''

''جی۔''

''میں نے کہا سرکار میں سمجھا نہیں۔''

''کوئی کرتے پہنتا ہے۔''

مالکن نے ایسی بھرائی ہوئی ___ چیخ مارتی ہوئی آواز میں کہا جیسے کوئی ماں اپنے اکلوتے بیٹے کی موت کی خبر سن کر پھٹ پڑی ہو۔ بوڑھا چودھری گلاب اس عجیب وغریب سوال کی تہہ تک پہنچ چکا تھا۔

''کرتے؟''

''ہاں تم سے کیا چھپانا چودھری گلاب........تم تو اس حویلی کے تنکے تنکے سے واقف ہو تم تو حویلی کی دائی گیری کر چکی ہو دائی سے کیا پیٹ چرانا آدمی سب چلے گئے۔ ___ عورتیں ادھر ادھر ہو گئیں اتنی بڑے گھر میں اکیلی بیٹھی کوّے ہنکایا کرتی ہوں۔ رات تو روتے گزر جاتی ہے مگر یہ پہاڑ ایسے دن چھاتی پر سوار رہتے ہیں ٹالے نہیں ٹلتے ہیں۔ کوئی کرتہ ورتہ ہوتا تو سینے پرونے میں دل اٹک جاتا۔

حویلی کے بوڑھے رازدار کے تخیل کی آنکھیں بھوکی مالکن کو بلکتا ہوا دیکھ رہی تھیں۔ اور اس کے کانوں میں بے آواز سسکیاں زہر کی بوندیں ٹپکا رہی تھیں۔

تم کھڑے کھڑے تھک گئے ہوں گے چودھری گلاب ___ ''

''نہیں مالکن میں شام تک آجاؤں گا''

''مگر دیکھو۔ کسی ایسے ویسے کا کرتہ نہ لے آنا میرے پاس۔''

''نہیں مالکن۔''

''میرا نام نہ لینا کسی سے۔''

''یہ بھی کوئی کہنے کی بات ہے مالکن؟ میں کوئی آج حویلی میں نوکر ہوا ہوں۔''

سڑک کے کنارے املی کے پیڑ کی جڑ سے چودھری گلاب نے اپنا ٹٹو کھولا اور سوار ہو کر بغیر خان صاحب سے ملے ہوئے تھان گاؤں چلے گئے۔ گھر پہنچ کر بیٹھک کے تخت پر سلفہ گڑگڑاتے رہے۔ جب سورج اوپر آگیا تب چودھرائن نے دروازے سے جھانک کر ''چوکے'' کے تیار ہونے کی خبر دی وہ اونگھتے ہوئے اٹھے آنگن میں نیم کے پیڑ کے نیچے بنے ہوئے پکے کی چبوترے

پر کھڑے ہو کر جھوٹ موٹ نہائے اور سر جھکائے ہوئے چوکے پر بیٹھ گئے۔ چودھرائن روٹی سینک سینک کر رکھتی جا رہی تھی مگر وہاں پہلا نوالہ ہی ہاتھوں میں جھول رہا تھا۔

''کا تمرا جی ماندہ ہے۔''

''ہاں۔''

''تو تھوڑا بہت تو کھائے لیو۔''

''تمرے پاس کتنے روپے ہیں۔''

''روپے؟ مورے پاس اپنی ایک چھدام نائیں ہے بڑے بھیا کے کچھ دام دھرے ہیں۔''

''کتنے ہیں بھلا۔''

''ہیں کوئی دس گھاٹ پچاس۔''

''لی آوَ۔''

''ابہیں۔''

''ہاں''

پہلے روٹی تو کھائے لیو۔''

''پہلے لے آوَ۔''

چودھری گلاب نے مارکین کی تھیلی سے چالیس روپے کا غذ نکال کر گنے اور تھیلی چوم کر کھڑے ہو گئے۔ چودھرائن پہلے آنکھیں پھاڑے دیکھا کیں پھر بکنے جھکنے لگیں لیکن چودھری گلاب نے ان کی بکواس پر کان نہ دھرے۔ الگنی سے اپنا کرتا اتار پہنا۔ دھوتی باندھی ٹوپی سر پر اور انگوچھا کندھے پر رکھ کر چلے آئے۔ گھاس کھاتے ہوئے ٹٹو کے منہ میں لگام چڑھا دی۔ گھسیٹتے ہوئے تھان کے باہر لائے اور سوار ہو گئے۔ بھوکا ٹٹو اپنی چال بھر چل رہا تھا۔ لیکن چودھری گلاب کے ذہن میں آنا پیسنے والے کئی انجن دھڑ دھڑا رہے تھے۔ چودھری گلاب میر محمد علی بیگ کے زمانے میں منشی تھے۔ لیکن ان کے مرتے ہی جب حویلی اجڑنے لگی اور بڑے چھوٹے مختار شہد کی

مکھیوں کی طرح دوسرے باغوں کی تلاش میں حویلی سے اُڑ گئے۔ تب مالکن نے اپنے ایک ایک ٹنکے کی باقاعدہ دیکھ بھال چودھری گلاب کے سپرد کر دی تھی۔ چودھری ان لوگوں میں تھے جو حال کی جیب سے آنے والے بُرے دنوں کا منہ بھرنے کے لئے کچھ نہ کچھ کاٹ کر رکھ لیتے تھے۔ لیکن لڑکوں کی پڑھائی لکھائی اور شادی بیاہ کے جھمیلوں میں سب جمع جتھا پر لگا کر اڑ گیا۔ ان کا بڑا لڑکا تحصیل میں اور دوسرا نہر میں چپراسی تھا۔ دونوں خود تنگی ترشی سے بسر کرتے تھے۔ دونوں مڈل پاس تھے۔ لیکن چودھری کے لاکھ دوڑ دھوپ کے باوجود کوئی پٹواری ہوسکا اور نہ پٹرول، مجبوراً انہوں نے چپراسیوں میں بھرتی کرادیا۔ اب وہ آئے دن منہ کھولے ہاتھ پسارے ان کے سامنے کھڑے رہتے۔ لیکن چودھری خود ہی کھکھ بیٹھے تھے ان کا بھرنا کہاں سے بھرتے اس وقت گھر والی کی بات سے وہ چکر میں پڑ گئے۔ بڑکوا اتنا گرہست اور سگھڑ کب سے ہوگیا۔ یہ ان کی سمجھ میں نہ آتا تھا وہ یہی سب کچھ الا بلا سوچتے ہوئے رونق پور کے گنج میں آ گئے۔ بزازے کی دوکان پر انہوں نے اپنا ٹٹو روکا اور اتر کر بہت بڑھیا والی تنزیب کے تھان پر کھنے لگے۔ دو کرتوں کا کپڑا بغل میں مار کر وہ سیدھے حویلی پہنچے۔ دل ہی دل میں اپنے باپ منشی چھمن لال کی پڑھائی ہوئی ساری فارسی کا آموختہ پڑھ کر مالکن سے مخاطب ہوئے اور ان کو یقین دلایا کہ پوری رازداری کے ساتھ وہ چیت پور کے ٹھاکر گھنشام سنگھ سے کرتوں کا کپڑا لے آئے ہیں۔ یہ کہتے کہتے ان کا حلق سوکھ گیا۔ کانٹے سے پڑنے لگے۔ ساری جان پسینے میں نہا گئی۔ ان کی مٹھی میں دبے ہوئے پچیس روپوں کی پڑیا بھیگ گئی۔ لیکن ان کی سمجھ میں نہ کہ وہ کیا کہہ کہہ کر کیا بہانہ بنا کر یہ پچیس روپے مالکن کے ہاتھ میں پکڑا دیں۔ آخر وہ ہار کر اپنے لکڑی کے پیروں پر اپنے وجود کا منوں بار گھسیٹتے ہوئے رونق پور کے بنئے کی دوکان پر آ گئے۔ رام پرشاد گدی پر بیٹھا گاہکوں کو پڑیاں بانٹ رہا تھا۔ سلام دعا کے بعد انہوں نے مالکن کا حساب مانگا تو پتہ چلا کہ وہ سو سے اوپر ہے۔ اس لئے تو رام پرشاد نے ان کا سودا بند کر دیا تھا۔ اسی لئے تو مالکن کا باورچی خانہ ٹھنڈا ہوگیا تھا۔ وہ رام پرشاد کی دوکان کے تختے پر بیٹھے ہوئے اپنے پچیس روپوں کی پڑیا کو نہارتے رہے۔ بیٹھے رہے پھر اٹھ کر اپنے ٹٹو پر سوار ہوگئے

جیسے لڑائی میں ہار مان لی ہو۔

مالکن دیر تک کپڑا لیے جھنگا کھٹولے پر پڑی رہیں۔ انہیں پہلی بار عرفان ہوا تھا کہ کرتا سینے کے لئے صرف ہاتھ کے فن اور آنکھوں کی روشنی ہی کی نہیں سوئی اور تاگے کی بھی ضرورت ہوتی ہے۔ اور کے جتنے میں سوئی تاگا آتا ہے اتنے میں ایک وقت کے آلو اور دو وقت کے چنے بھی آتے ہیں۔ تھوڑی دیر بعد خدا نے ان کی سن لی اور ان کی ناؤن ناخن کاٹنے آگئی۔ وہ ہڑبڑا کر اپنے خیالوں کی کچی نیند سے چونک پڑیں اور ناؤن سے ایسے لہجے میں مخاطب ہوئیں جیسے لہجے میں اگر وہ اپنے سنہرے دنوں میں مخاطب ہوتیں تو وہ سارے رونق پور میں اپنی خوش نصیبی کا دھنڈھورا پیٹ آتی۔

''ارے اے قادری کی دھی۔''

''جی، بی بی۔''

''میرا ایک کام کردو گی اتنے وقت۔''

''بتایئے۔''

''ذرا لپکتی ہوئی رام پرشاد کی دوکان چلی جاؤ ایک مہین سوئی اور چھوٹی پچک لے آؤ لیکن اس حرام زادے سے میرا نام نہ لینا۔ نہیں تو ٹکا سا جواب دے دے گا۔ کل میں نے دو پیسے کا نمک ،خیر چھوڑ.......تم ذرا چلی جاؤ۔.....''

وہ اپنی داہنی کنپٹی پر لیکھ ٹٹولتی ہوئی آنگن پار کرنے لگی۔ مالکن بیٹھی سوچتی رہیں معلوم نہیں کیا سوچتی رہیں۔ جب ناؤن سوئی تاگا لے آئی۔ تو اسی کی قینچی منگوائی اور کرتے بیونتے بیٹھ گئیں۔ قینچی چلاتے چلاتے انہیں خیال آیا کہ چودھری چیت پور کے ٹھاکر کی ناپ تو لائے ہی نہیں کرتا کیسے کاٹا جائے۔ وہ بجھ کر رہ گئیں۔ تھان گاؤں اچھا خاصہ تین چار میل دور تھا۔ اب ایسا آدمی اس وقت کہاں جڑتا جو اسی وقت چودھری کو بلا کر کہتا۔ پھر انہوں نے دیوار پر چڑھی ہوئی دھوپ دیکھی اور یاد کیا کہ آج منگل کو رونق پور کی بازار ہوتی ہے۔ ممکن ہے ٹھاکر آجائیں بازار کرنے۔ اپنے اس

وہم پر ایمان لاکر وہ ایک بار پھر بڑے حوصلے سے اٹھیں وضو کے بدھنے میں گھڑے سے پانی انڈیلا وضو کیا اور نماز کے لئے وہ چٹائی بچھائی جس پر کپڑے کے پیوبند لگے تھے جیسے تیسے نماز کا فرض ادا کیا۔ چھوٹا سا وظیفہ پڑھ کر لمبی سی دعا مانگی کہ اے پروردگار عالم اپنی رحمت کے صدقے میں چیت پور کے ٹھاکر گھنشیام سنگھ کے دل میں یہ نیکی ڈال دے کہ وہ آ کر اپنے کرتے کی ناپ دے جائیں اور میری خوشامد کریں کہ میں کل تک ان کا کرتا سی دوں اور مجھے اتنی طاقت دے کہ میں ساری رات لالٹین کی روشنی میں بیٹھ کر کرتا سی سکوں۔ وہ گڑگڑاتے، گڑگڑاتے نڈھال ہوگئیں۔ اسی جانماز پر نڈھال ہو کر پڑ رہیں۔ تھوڑی دیر بعد قدموں کی چاپ ہوئی۔ مہترانی ہمیشہ کی طرح دوقتی کمانے آئی تھی۔ وہ نئی امید سے تازہ دم ہو کر اٹھ بیٹھیں۔

''بانکے کی بہو۔''

''بی بی۔''

''بانکے ہیں گھر پر؟''

ذرا جلدی سے جا کے بلالا......کوئی کام نہیں ہے___ بس ایک بات۔

''ذرا جلدی جا کر بلا......کوئی کام نہیں۔ بس ایک بات پوچھنا ہے۔''

وہ الٹے پاؤں چلی گئی۔ پھر دروازے پر صدا بلند ہوئی۔

''سرکار کی بڑھتی ہو___ راج پاٹ بنا رہے۔''

''بانکے۔''

''سرکار۔''

''چیت پور تمہاری جمانی میں ہے؟''

''ہاں حجور۔''

''ٹھاکر گھنشیام کو پہچانتے ہو۔''

''ان کا سرکار کون نائیں پہچانت ہے......دور دور تک ان کا نام باجت ہے۔''

''بازار تو آتے ہوں گے۔''

'' برابر مالک..... برابر۔''

''تو تم ذرا خیال کر کے ان کو میرے پاس بلانا مجھے ایک کام ہے ان سے۔

''بہت نیک مالک۔ اہین لیو آپ......کا کچھ دور تھوڑے ہے۔''

بانکے تو اپنا چرودھا جوتا بجاتا اور رٹی ہوئی دعائیں دیتا ہوا چلا گیا۔ لیکن اپنی زبان کی دڑا کی پر مالکن پچھتاتی رہیں شرماتی رہیں اور بیٹھی دعائیں مانگتی رہیں کہ خدا کرے ٹھاکر دروازے پر نہ آئیں۔ بلکہ کسی نوکر کے ہاتھ اپنا کرتا بھجوا دیں۔ ورنہ میں ان سے کس طرح بات کروں گی۔ میں کیا کہوں گی۔ وہ کیا کہیں گے۔ یا اللہ کچھ ایسا کیجو کہ مرنے والے کے سامنے میری آنکھیں نہ نیچی ہوں۔

☆

بانکے نے اپنی بکری کے سُوپ پیٹھ پر باندھے اور بازار کے ایک نکو پر جہاں اڈھے کھولے جاتے تھے۔ تھوڑی دیر بعد بیلوں کے گھنگھروں بجاتا اور دھول اڑاتا ٹھاکر کا اڈھا آ گیا۔ وہ اپنے سُوپ سنبھال کر اُٹھا ہی تھا کہ ایک گاہک پھاند پڑا۔ اس نے پیچھا نہ چھوڑا۔ آخر پیسے گنتا ہوا وہ اٹھ کر کے پیچھے بھاگا۔ ٹھاکر آدمیوں کو چیرتے ہوئے رام پرشاد کی دوکان پر پہنچے۔ رام پرشاد نے جلدی سے کھڑے ہو کر سلام کیا اور دو ایک گاہکوں کو نمٹا کر دوکان کے باہر پڑی دری ڈال دی۔ ٹھاکر نے بیٹھ کر تولیے سے اپنا منہ پونچھا، پھر اسی سے پیروں کی گرد جھاڑی، نگاہ اٹھائی تو سامنے بانکے جھکا ہوا ڈنڈوت کر رہا تھا۔

''کاہے رے۔''

''ایک اُجز (عذر) ہے۔''

''ہاں''

''مالکن آپ کا بلائن ہیں۔''

''مالکن۔''؟

''ہاں...... یہاں کے سرکار کی مالکن۔''

''اچھا...... کاہے بلائن ہیں..... کچھ اتا پتا ہے بھلا۔؟''

''یو سرکار آپ جان سکت ہو...... ہم کا نیں معلوم۔''

ٹھاکر چیت پور کے نمبری زمیندار تھے اور میر محمد علی بیگ مرحوم کے ہوا خواہوں میں تھے۔ مرحوم کے ایک ایک فاتحے میں شریک ہوئے تھے۔ اس کے بعد ادھر بھول کر بھی نہ گزرے تھے۔ اب آج اس اچانک پیام سے گھبرا گئے تھے۔ پھر کچھ سوچ کر فوراً ہی اٹھ کھڑے ہوئے تھے۔ تھوڑی دُور گئے تھے کہ چودھری گلاب سے مڈبھیڑ ہوئی۔ چودھری گلاب نے کترا کر نکل جانا چاہا۔ لیکن ٹھاکر نے دبوچ لیا۔

''ارے چودھری۔ ای مالکن کاہے بلائن ہیں ہم کو۔؟''

چودھری کا خون خشک ہو گیا۔ لیکن ننگے بازوؤں پر انگوچھا پھیلا کر بولے۔

''وہ...... وہ..... دراصل ٹھاکر صاحب مالکن نے آپ کو اس لئے تکلیف دی تھی کہ ایک کام کے سلسلے میں انہیں ضرورت تھی اور آپ کی سواری تو تھان گاؤں سے نکلتی ہی ہے۔ اسی لئے آپ کو۔''

''اچھا...... میں کہوں کہ ایسی کیا بات آپڑی۔ پھر ٹھیک ہے..... تو مطلب ہے کہ اب وہاں جانے کی چنتا تو ہے نہیں۔''

''اب آپ کیوں تکلیف کریں گے..... میں تو آ ہی گیا۔''

ٹھاکر کے ذہن سے بوجھ ہٹ گیا۔

☆

مالکن چودھری گلاب کا دیا ہوا کرتا دیکھتی رہیں۔ جو سنلائٹ صابن سے بھینچا گیا تھا۔ اور سنلائٹ صابن کی خوشبو میں بسا ہوا تھا۔ شکنیں تک برابر نہیں ہوئی تھیں۔ پھر یہ سوچ کر چپ ہو

رہیں کہ جب رونق پر پوری یہ بیتی ہے تو چیت پور پر بھی کچھ نہ کچھ تو گزری ہی ہوگی۔ پھر وہ اسی وقت کرتا کاٹنے بیٹھ گئیں۔ جب تک اندھیرا نہ ہوگیا اور ان کو سوئی نظر آتی رہی وہ اسی طرح پُرنم آنکھیں جھکائے اپنی تقدیر کا لکھا پورا کرتی رہیں اور روٹی دال کے خواب دیکھتی رہیں۔ مغرب کے بعد انہوں نے پیتل کی وہ لال ٹین جلائی جس کی چمنی جگہ جگہ سے ٹوٹی تھی اور تھوڑی دیر کے بعد بھبک اٹھتی تھی، جیسے مالکن کے دُکھ پر روتے روتے اس کی ہچکیاں بندھ گئیں ہوں۔ دُکھتے ہوئے سر پر چیتھڑے کی پٹی باندھے رنجور آنکھوں سے کپڑا ابھڑائے وہ سلتی رہیں۔ اپنے دسترخوان کے چاک کو بھرتی رہیں، اپنی تارتار جیب کو رفو کرتی رہیں، جھاگ ایسی سفید تحزیب کے ویرانے میں لکڑیاں بنتی رہیں، ارہر کی دال چنتی رہیں، اور موتی ایسے صاف صاف گیہوں کے اُجلے اُجلے آٹے کو گوندھنے کا سامان کرتی رہیں پھر سر چکرانے لگا۔ آنکھوں کے نیچے اندھیرا چھا گیا اور وہ بے سدھ ہو کر بانس کے جنگلے پر دہری ہوگئیں۔

جیسے جیسے چودھری گلاب کے ٹین کے بکس میں مہین سلائی کے پھول ایسے سبک ململ کرتوں کی تعداد بڑھتی گئی۔ ویسے ویسے ان کے چہرے پر جھریوں کا جال اور گہرا ہوتا گیا۔ کھچڑی بال ایک دم سے پک گئے جیسے پلاؤ کے چاول دودھ میں ابال کر تھالی میں ڈال دیئے گئے ہوں گھر پر سوگ سا چھا گیا۔ گھر والی نے پہلے خود چودھری کو سمجھایا پھر لڑکوں کو ان کے حلقوں سے بلا کر اس مورچے پر لگا دیا۔ پھر تینوں نے مل کر ایک دوپہر کو گھر کے آنگن میں مہا بھارت چھیڑ دی۔ جیسے جیسے بات بڑھتی گئی خون گرم ہوتا گیا۔ چھوٹے نے جو تاڑی کی ایک ہی کُجھی میں بولا یا تھا کڑک کر کہا۔

''ارے اماں تم کا جانو...... یو بُڈھیا ملکن سے پھنسا ہے۔''

بوڑھے چودھری گلاب نرائن جن کی جوانی ان کے اپنے سر کی طرح بے داغ تھی، اس الزام کو سن کو دیوانے سے ہو گئے۔ وہ جہاں کھڑے ہوئے چوکھی لڑ رہے تھے وہیں زمین پر دھپ سے بیٹھ گئے، یا اس طرح گرے کہ بکھر نہ سکے۔ چھوٹا لڑکا ثبوت دے رہا تھا۔

''جب بہیا (سیلاب) آئی ہے اوئی سال تو یہ جان پر کھیل اد کا بدمعاس کا بچادے گئے

وہیں......گئے رہیں کہ نا ئیں گئے رہیں؟ تم اپنے منہ سے بتاؤ اماں۔"

چودھری گلاب نرائن کے بے نور آنکھوں نے گھر والی کے چہرے پر یقین کی پرچھائیں دیکھ لی۔ گویا شکاری نے زخمی جانور پر دوسرا فیر کر دیا ہو۔ وہ اپنی کانپتی ٹانگوں پر اپنے وجود کی لاش اٹھا کر اٹھے اور کڑھتے ہوئے دروازے سے نکلے۔ اپنی چوکھٹ......اپنے ہاتھوں سے چوما۔ اور بغیر منہ سے ایک لفظ نکالے، بغیر آنکھوں سے ایک آنسو بہائے اس پختہ کنویں پر چڑھ گئے جس کی جگت آدمی بھر اونچی تھی اور اس طرح ٹوٹ کر گرے جیسے گراری تک آ کر جہازی کھڑے کی رسی ٹوٹ جائے۔ اتنے زور کا دھماکہ ہوا کہ سارا تھان گاؤں الٹ پڑا۔ آدمی کنویں کے اندر اتر گئے۔ چودھری گلاب نرائن نکال بھی لئے گئے۔ لیکن وہ تو اسی وقت مر گئے تھے جب اپنے بیٹے کے منہ سے اپنی مالکن کے ساتھ اپنے تعلق کی بات سنی تھی۔

کہانیوں سے......چٹ پٹی کہانیوں سے انسانوں کو......گاؤں کے ان انسانوں کو جن کے حواس ہر طرح کی بھوک سے بلبلاتے رہتے ہیں......جو پیدائشی محبت ہوتی ہے......قاتل محبت ہوتی ہے اس محبت نے چودھری گلاب نرائن کی خودکشی کے خاکے میں رنگ بھر لیا اور مشہور ہو گیا کہ مالکن......تو چودھری گلاب نرائن پر میر محمد بیگ کی زندگی ہی میں مرتی تھیں۔ ان کے مرنے کے بعد تو اور کھیل کھیلیں۔ منے خاں نے کتنا کتنا کہا لیکن وہ چودھری کو چھوڑ کر پاکستان جانے پر رضا مند نہ ہوئیں۔ پاکستان جانے پر جہاں لوگ اپنی آل اولاد اپنے محلے دو محلے اپنے گاؤں گرام تک چھوڑ کر چلے گئے۔

پھر مالکن کو علاقے کی وہ آوارہ عورتیں ناک پر انگلی رکھ کر گھورنے لگیں جن کی جوانی کی کالی راتیں عاشقوں کے بوسوں کے چراغوں سے جگمگا چکی تھیں۔ وہ مالکن کو گھور رہی تھی۔ ادھیڑ مالکن کی کمر سیدھی تھی ایک سفید لٹ چاندی کے جھومر کی زنجیر کی طرح ان کی پیشانی پر جھولتی رہتی ہے نازک خدوخال کے سفید چہرے پر بھوک نے سائے ڈال دیئے تھے لیکن برسوں کی حکومت اور امارت کی بخشی ہوئی تاب ابھی مرنہیں پائی تھی۔ ان گنت جاگتی راتوں نے ان کی آنکھوں کا نشہ سکھا

دیا تھا۔لیکن اب بھی وہ پلکیں اٹھا کر آنکھیں پوری کھول دیتیں تو مخاطب کی نظریں چوروں کی طرح راستہ ڈھونڈنے لگتیں۔نوکرانیوں کے سے پھٹے پرانے کپڑوں میں بھی وہ بیگموں کی طرح جگمگایا کرتیں۔ان کو دیکھ کر تو ایسی جھوٹی کہانی بھی سچی معلوم ہوتی۔دور دور تک پھیلی ہوئی بکھری ہوئی ٹوٹی ہوئی عمارت کی یادگار میں وہ بھرم کی ایک ''روشن چوکی'' کی طرح جھلملایا کرتیں۔دل ہلا دینے والی یادوں کے مؤدب قافلے اُن کی کم نور آنکھوں کے سامنے سے دبے پاؤں گزرتے رہتے چیت، بیساکھ کے جلتے تپتے دن، ساون بھادوں کی روتی ہوئی کلموہی راتیں ......سب کھوٹے سکوں کی طرح ان کے وجود کی ''گونگ'' میں کھنکھنایا کرتیں اور وہ ان کی بے فیض ''جھنا جھن سے بے نیاز چھوٹی چھوٹی مادی کلفتوں کے ناقابل بیان بوجھ میں دبی کراہا کرتیں۔

ایک دن جب وہ چودھری گلاب نرائن کا انتظار کرتے کرتے سوکھ چکی تھیں اور بھیا تک دنوں کا انتظار کرنے لگیں تھیں جو ان کے لئے فاقوں کی سوغات لیکر آنے والے تھے کہ چودھری گلاب سنگھ کی خودکشی کی کہانی ٹوٹی دیواروں کو پھلانگ کر ان کے کچے آنگن میں چڑیل کی طرح ناچنے لگی۔قہقہے لگانے لگی۔ان کے منہ پر تھوکنے لگی۔رونق پور کی مالکن کے اس منہ پر تھوکنے لگی۔ جس کے سامنے رونق پور کا سارا علاقہ آنکھ اُٹھانے کی ہمت نہ رکھتا تھا۔وہ اٹھ کر بغیر دروازوں کی کوٹھری میں گر پڑیں۔ننگی زمین کے ٹھنڈے فرش پر دو زانو ہو کر اس خدائے قہار کے سامنے گڑ گڑاتی رہیں جو اپنے پیارے بندوں پر اس لئے مصیبتیں نازل کرتا ہے کہ ان کے نفس کا تزکیہ ہو سکے۔ان کے ایمان پر صیقل ہو سکے۔پھر انہی دنوں رونق پور کی بتیس سال کی زندگی میں پہلی بار انہوں نے چودھری گلاب نرائن کو مرد کے روپ میں دیکھا۔انہوں نے دیکھا۔حویلی کے اندرونی حصے کے دوسرے درجے کے سیاہ ستونوں والے دالان کے پیچھے لانبے کمرے میں جوٹ کی موٹی موٹی چٹائیوں پر فرشی قالین پڑے ہیں۔ایک طرف چوکے کے مسند پر گاؤ سے لگے ہوئے محمد علی بیگ مرحوم بیٹھے ہوئے ہیں۔دور کونے میں سلگتی ہوئی مہکتی ہوئی مشک کی کامدار نے ان کی زانو پر پڑی ہے جس کی گنگا جمنی منہال سے ان کی انگلیاں کھیل رہی ہیں نگاہیں دیوار گیر پر جڑی ہوئی

ہیں۔اس کے سامنے ہاتھی دانت کے نازک کام کی بھاری سی میز ناشتے کی پلیٹیوں کا بوجھ اٹھائے خوب صورت کنیز کی طرح دوزانوں ہے۔وہ اپنی مسہری سے اٹھیں ایک ہاتھ میں فرشی کے بھاری پائنچے لئے دوسرے ہاتھ سے اس چتولی بیل سے جھولتے ہوئے دوپٹے کا پلو سنبھالا۔موٹے موٹے زیوروں سے ہلکی ہلکی زرّین جھنکار پیدا کرتی ہوئی ان کے پاس آکر بیٹھ گئیں اور ان کے ململ کے کرتے کی ملی دلی آستیں پر انگشتانوں اور انگوٹھیوں سے مرصع ہاتھ رکھ کر بولیں۔

''تم اتنے اداس کیوں ہو......''

''اداس......نہیں تو۔''

''نہ تم نے غسل کیا......نہ ناشتہ کیا......کتنی دیر سے اسی طرح بیٹھے ہو۔''

''ہوں۔''

''ایک بات کہوں۔''

''غصہ تو نہ کروگے۔''

''اُہ۔ہوں۔''

''حکیم ڈاکٹر دوائیں کرتے ہیں نصیبے بنانے......مجھ کو کھ جلی کے مقدر ہی میں اولاد نہیں ہے تو حکیم ڈاکٹر کیا کریں گے......میری مانو......دوسری شادی۔''

''چپ رہو۔''

وہ اتنے زور سے گرجے کہ باورچی خانے میں کام کرتی ہوئی عورتوں کے ہاتھ سوکھ گئے، کتنی ہی دیر تک ویسی ہی بھیانک خاموشی مسلط رہی۔پھر ایک عورت سائے کی طرح چلتی ہوئی آکر تخت کے سامنے کھڑی ہوگئی۔مالکن نے اشارے سے پوچھا۔کیا ہے۔''

تھان گاؤں والا گلاب نرائن ڈیوڑھی پر کھڑا ہے۔''

''بلاؤ۔''

دالان کے پردے بندھے تھے۔کمرے کے دروازوں پر چلمنیں پڑی تھیں۔تھوڑی دیر بعد

ایک اوسط قد کا سوکھا سا آدمی آ کر کھڑا ہو گیا۔ اس کے کرتے کے ایک مونڈھے پر پیوبند لگا تھا۔ نسبتاً اجلی دھوتی پر گھٹنے کے پاس پھانک سلی ہوئی تھی دھوتی سے نکلی ہوئی سوکھی ماری پنڈلیاں گرد میں اٹی ہوئی تھیں، پنجے جوتے میں بند ہونے کی وجہ سے صاف تھے۔ اس کا سر گھٹا ہوا تھا۔ ٹوپی میں میل کی گوٹ تھی۔ وہ سہا ہوا کھڑا رہا اور دونوں ہاتھوں سے ایک جھولا سنبھالے ہوئے تھا۔

''دوا لے آئے۔''

''ہاں سرکار''

''اس آدمی نے گڑ گڑا کر کہا۔''

''دے دو۔''

اس نے دروازے پر کھڑی ہوئی عورت کو اس طرح جھولا پکڑا دیا جیسے وہ جھولا نہیں شیشے کا پیالہ ہے اور اس میں لبالب عطر بھرا ہوا ہے...... پھر آواز آئی۔

اس کو گلاب کو دو آنے پیسے اور خوراک دلوا دو۔

اب ان کے آنسو خشک ہو گئے تھے اور وہ یادوں کے میلے میں کھو گئی تھیں۔ جب وہ اپنے آپ کو ملیں تو دھوپ آنگن میں اترنے لگی تھی۔ اور ذہن میں آئے ہوئے جان دینے کے سارے منصوبے دیوالی کے چراغوں کی طرح بجھ چکے تھے۔ وہ باہر نکلی ہی تھیں کہ کمر پر ٹوکرار کھے اور ہاتھ بھر کا گھونگھٹ لٹکائے ہانکے کی بہو کمانے آ گئی۔

''ارے تم چیت پور جاؤ گی۔''

''ہاں بی بی۔''

''تو ذرا ٹھاکر سے کہہ دینا کہ شام کو اگر بازار آئیں تو مجھ سے مل لیں۔''

''بہت اچھا۔''

مالکن اتنا کہہ کر باورچی خانے کی طرف مڑی ہی تھیں کہ وہ دروازے پر کچھ تند تیز آوازیں شریر لڑکوں کی طرح اچھلنے پھاندنے لگیں۔ مالکن کی نگاہوں کا اشارہ پا کر مہترانی گئی اور تھوڑی دیر

بعد ایک لانبی دُبلی عورت کے ساتھ واپس آئی جو لال کنارے کی سفید دھوتی پہنے تھی۔ مہترانی نے اس عورت کی طرف ہاتھ سے اشارہ کر کے کہا۔

''ای تھان گاؤں والے چودھری گلاب کی چھوٹی بہو ہیں..... لیلا دھر کی دولہن۔''

مالکن چونک پڑیں۔ پھر اپنے اعصاب کو سنبھال کر یہ سوچنے لگیں کہ اسے کس طرح مخاطب کریں اور کیا بات کریں کہ اس نے اپنی بغل سے مڑے ہوئے کرتے نکالے اور مالکن کے ہاتھ میں پکڑا کر ہر جذبے سے خالی آواز میں منمنائی۔

''اے کرتے آپے دھر لیو۔''

جملہ پورا کرتے ہوئے وہ تیر کی طرح آنگن ختم کر کے ٹیڑھی میڑھی اونچی نیچی دیواروں کے پیچ وخم میں غائب ہوگئی۔ ذرا دیر تک مہترانی نے ان کا جائزہ لیا اور دوسرا گھر کمانے چلی گئی۔ مالکن پھول سے کرتے داہنے ہاتھ میں اٹھائے آنگن میں کھڑی رہیں۔ جیسے زندگی کی لڑائی میں ہار مان لی ہو اور مصیبتوں کے فاتح لشکر کے سامنے سفید جھنڈا کھول دیا ہو۔

شام کو ڈیوڑھی پر کھڑے ہوئے چیت پور کے ٹھاکر گھنشیام سنگھ سے مالکن کہہ رہی تھیں۔

''اپنے کرتوں کی تنزیب تو آپ بھیجتے رہیے گا لیکن پہلے میرے یہ چاروں کُرتے بکوا دیجیے۔''

☆☆

علی سردار جعفری

چھرو مانجھی

ہوا بہت دھیرے سروں میں گا رہی تھی۔ دریا کا پانی آہستہ آہستہ گنگنا رہا تھا۔ تھوڑی دیر پہلے نغمہ بڑا پُر شور تھا لیکن اب اس کی تانیں مدھم پڑ چکی تھیں اور ایک نرم اور لطیف گنگناہٹ باقی رہ گئی تھی۔ وہ لہریں جو پہلے ساحل سے ٹکرا رہی تھیں، اب اپنے سیال ہاتھوں سے تھکے ہوئے ساحل کا جسم سہلا رہی تھیں۔ ہماری کشتی بڑی نرمی کے ساتھ بہہ رہی تھی۔ کنارے سے دور آ کر بیچ دریا میں ماہی گیروں نے اپنے چپو چھوڑ دیئے تھے اور بادبان کھول دیئے تھے۔ اور سمندر کی طرف دوڑتی ہوئی موجیں کشتی کو بہائے لیے جا رہی تھیں بادبان میں ہوا بھری ہوئی تھی اور اس کا سینہ غرور سے پھلا ہوا تھا۔ ہماری کشتی لمبی لمبی نازک اور پتلی سمپانوں کو، اُن میں بیٹھے ہوئے مانجھیوں کے گیتوں کو، بڑے سے سیاہ فام جہاز کو اور ساحل کے پاس شہر کی چمکتی ہوئی روشنی کو پیچھے چھوڑ کر آگے بڑھتی جا رہی تھی، سمپانیں موجوں میں، ساحل اندھیرے میں اور روشنیاں ننھے ننھے خوبصورت ستاروں میں تبدیل ہوتی جا رہی تھیں۔

بوڑھے ماہی گیر نے آسمان کی طرف دیکھ کر کہا۔ ’’رات اچھی ہے۔ آج طوفان کا خطرہ نہیں ہے۔ ایک گھنٹے میں چاند نکل آئے گا۔‘‘

نوجوان ماہی گیر نے جو اس کا بیٹا تھا کہا کہ۔ ’’اتنی دیر میں ہم کھلے سمندر میں پہنچ جائیں گے‘‘۔ یہ وہ جگہ تھی جہاں دریائے کرنافلی خلیج بنگال میں جا کر ملتا ہے۔ جس کے کنارے چٹ گاؤں کا شہر آباد ہے۔ سبز اور نیلی پہاڑیوں کے دامن میں سپاری کے خوبصورت اور چھریرے بدن کی دو

شیزاؤں کی طرح نازک درختوں کے سائے میں، جب سمندر کا پانی اترا تو دریا کا دھارا اُلٹا بہنے لگتا ہے اور ماہی گیر اپنے جال دریا میں ڈال دیتے ہیں۔ جب سمندر کا پانی اترتا ہے تو دریا پھر سمندر کی پھیلی ہوئی آغوش کی طرف لپکتا ہے۔اور ماہی گیر اپنی کشتیاں اور جال لے کر کھلے سمندر میں چلے جاتے ہیں اور ساحل کے کنارے کنارے کوکس بازار تک مچھلیاں پکڑتے ہیں۔گھروں پر ان کی بیویاں اور محبوبائیں اُن کا انتظار کرتی ہیں اور سمندر میں ان کے گیت تیرتے رہتے ہیں جنہیں سننے کے لیے دُور دُور کی مچھلیاں سمیٹ آتی ہیں اور ان کے جال بھر جاتے ہیں اور کشتیاں بھی بھاری ہو جاتی ہیں۔اور وہ اپنے مضبوط بازوؤں کی قوت سے چپو جلاتے ہیں۔ان کی سانس پھول جاتی ہے۔گیتوں کی تجن وزنی ہو جاتی ہے۔گلے کی رگیں ابھر آتی ہیں۔بازوؤں کی مچھلیاں تڑپنے لگتی ہیں، ہتھیلیاں لال ہو جاتی ہیں اور جب وہ اپنے گاؤں کے کنارے آکر شکار بھری کشتیوں کو خالی کرتے ہیں تو اُن کی بیویوں اور محبوباؤں کی آنکھیں رنگ برنگی مچھلیوں کو دیکھ کر چمک اُٹھتی ہیں اور وہ اپنا دل ہمیشہ کے لیے بہادر ماہی گیروں کو دے دیتی ہیں۔اور رات کو جب تیل کی کمی سے چراغ کی مدھم لو ٹمٹمانے لگتی ہے اور ہوا کی ہلکی سی پھونک اُسے بجھا دیتی ہے تو یہ تھکن سے چور ماہی گیر ان کے نیلگوں سینوں پر جن میں مچھلی کی بو آتی ہے، اپنا سر رکھ کر سو جاتے ہیں۔

لیکن جب سے لڑائی شروع ہوئی تھی اور جاپان نے ہندوستان پر حملہ کر دیا تھا تب سے ماہی گیروں کو عام طور سے سمندر میں جانے کی اجازت نہیں تھی۔ کھلے سمندر میں جانے کے لیے انہیں فوجی افسروں سے اجازت نامہ حاصل کرنا پڑتا تھا۔ جو چند امیر ماہی گیروں کو ملتا تھا کیونکہ دوسرے ماہی گیر رشوت دینے کی اہلیت نہیں رکھتے تھے۔کوکس بازار جانے کے تمام راستے بند ہو گئے تھے کیونکہ بندرگاہ بہت بڑی چھاؤنی میں تبدیل ہو گئی تھی۔سڑک سے صرف فوجی لاریاں گزرتی تھیں اور سمندر سے صرف جنگی جہاز۔ مجھے اخباری نمائندے کی حیثیت سے خاص اجازت نامہ ملا تھا جس پر فوجی افسروں کے علاوہ چٹ گاؤں کی ڈپٹی کمشنر کی مہر بھی لگی ہوئی تھی۔

بوڑھے ماہی گیر نے اپنی چلم سلگائی۔نوجوان ماہی گیر مانجھیوں کے گیت گانے لگا۔ میں

کشتی میں لیٹ کر خواب دیکھنے لگا۔ میری نگاہ دُور دُور تک سر پر سے گزرتے ہوئے ہوائی جہازوں کی سُرخ اور سبز روشنیوں کا تعاقب کرتیں اور پھر آسمان میں بکھرے ہوئے ستاروں میں کھو جاتیں جو نیلے آسمان کی گود میں دریا کی موجوں کی طرح بہہ رہے تھے۔

بوڑھا ماہی گیر میرے پاس سرک آیا اور چلم میری طرف بڑھا دی۔ میں نے ایک لمبا سا کش لے کر پوچھا ''تم اپنا جال ساتھ لائے ہو؟''

''نہیں جال کا کیا ہوگا۔ جب سے لڑائی شروع ہوئی ہے سمندر میں جال ڈالنے کی اجازت نہیں ہے''۔

''کیوں نہیں؟''

''کہتے ہیں پانی میں بڑے بڑے بم ڈال دیئے گئے ہیں تاکہ دشمن کے جہاز نہ آسکیں اور میں سوچتا ہوں کہ سرکار کے جہاز کیسے چلتے ہیں؟''

''بم تو سرکار ہی نے ڈالے ہیں۔'' بیٹے نے اپنا گیت بند کر کے جواب دیا۔ ''انہیں معلوم ہے کے بم کہاں کہاں پڑے ہیں اور وہ اپنے جہازوں کو بچا کر نکال لے جاتے ہیں۔''

''ہم تو تباہ ہو گئے۔'' بوڑھے نے اپنی داستان شروع کی۔ رات کے اندھیرے میں اُس کا جھریوں پڑا چہرا بڑا پروقار معلوم ہو رہا تھا جس پر پچاس برسوں کی صعوبتوں کے نشان تھے۔

''پچاس برس سے دریا میں جال ڈال رہا ہوں۔ اس کے ایک ایک حصے کو جانتا ہوں۔ بہتی ہوئی موجوں کو دیکھ کر بتا سکتا ہوں کہ ان کے نیچے کتنی مچھلیاں ہیں۔ سمندر کی مچھلیاں اور دریا کی مچھلیاں دو طرح کی ہوتی ہیں۔ جب وہ چلتی ہیں تو موجوں کی رفتار میں فرق آجاتا ہے اور میں ایک نظر میں بھانپ لیتا ہوں کہ کون سی مچھلی جا رہی ہے۔ آسمان کو دیکھ کر بتا سکتا ہوں کہ موسم کتنی دیر میں بدل جائے گا۔ سمندر میں طوفان کب آئے گا اور دریا کا پانی الٹا کب بہے گا؟ پچاس برس سے کچھ نہیں تو لاکھوں مچھلیاں پکڑ ڈالی ہوں گی۔ لیکن آج تک یہ پتہ نہ چلا کہ ہم جو محنت کرتے ہیں وہ دولت کہاں جاتی ہیں؟ ہم دریا میں خالی جال ڈال دیتے ہیں۔ جب اُسے کھینچتے ہیں تو اُس میں

چاندی بھری ہوتی ہیں جو جھلمل جھلمل چمکتی ہیں۔عورتیں اس چاندی کو بھر کر بازار لے جاتی ہیں اور اس کے بدلے میں تانبے،گلٹ اور کاغذ میں تبدیل ہو جاتی ہے اور ہمارے جسم سوکھتے چلے جاتے ہیں اور آنکھیں دھنستی چلی جاتی ہیں اور ہاتھ پاؤں لکڑی کی طرح خشک ہوتے جاتے ہیں۔ میں پچاس برس سے جٹ گاؤں کے بازاروں کے لئے دریا سے چاندی نکال رہا ہوں لیکن مجھے تانبے اور گلٹ کے ٹکڑوں اور کاغذ کے میلے پرزوں کے سوا کچھ نہ ملا اور وہ بھی میرے پاس نہیں رہے ۔جیسے زندہ مچھلیاں تڑپ کر نکل جاتی ہیں، یہ ٹکڑے بھی ہماری ہتھیلیوں سے پھسل جاتے ہیں اور ہماری مفلسی پہلے سے بھی زیادہ بھیانک ہو جاتی ہے۔''

نوجوان ماہی گیر،باپ کی داستان غم سے بے نیاز کشتی کے اگلے سرے پر بیٹھا ہوا ایک عشقیہ گیت گا رہا تھا۔بوڑھے نے اپنا سلسلہ ءکلام جاری رکھتے ہوئے کہا۔''تم پڑھے لکھے ہو، بہت سے دیس دیکھے ہوں گے تم جانتے ہو گے کہ ہماری دولت کہاں جاتی ہے؟''

میں کچھ کہنا چاہتا تھا لیکن بوڑھے ماہی گیر نے اس کا موقع نہیں دیا اور بہتی ہوئی موجوں کی طرف دیکھ کر اپنے سوال کا جواب دینے لگا۔جیسے وہ سب کچھ جانتا ہے۔

''یہ دریا ہزاروں برس سے بہہ رہا ہے اور اس کا پانی سمندر میں گر رہا ہے۔میری عمر ساٹھ برس کی ہونے کو آئی لیکن میں نے ایک دن بھی نہیں دیکھا کہ اس کی موجوں کا بہاؤ رک گیا ہو۔ ایک کے پیچھے دوسری موج دیوانہ وار سمندر کی طرف چلی آرہی ہے۔سمندر جس کی تہہ کا کچھ پتہ نہیں جو آکاش کی طرح پھیلا ہوا ہے۔ ہماری محنت بھی اسی طرح بہتی ہوئی کسی بڑے سے سمندر کی طرف چلی جا رہی ہے۔سمندر جس کی تہہ کا کچھ پتہ نہیں جو آکاش کی طرح پھیلا ہوا ہے۔کوئی اندھا سمندر ہے جو ہماری چاندی کی طرح چمکتی ہوئی محنت کو نگلے جا رہا ہے۔چاندی ہی تو ہے جو بہہ رہی ہے۔دیکھوں یہ موجیں چاندی کی طرح چمک رہی ہیں۔دریا کا رنگ سفید ہے اور سمندر کا رنگ نیلا اور یہ سفید چاندی نیلے سمندر میں جا کر کھو جاتی ہے۔''

میں نے موجوں کی طرف دیکھا۔ جو واقعی بہتی ہوئی چاندی کی طرح چمک رہی تھیں۔

ہمارے بائیں طرف دور افق میں مہینے کی آخری راتوں کا چاند ابھر رہا تھا جس کی نرم کرنیں فضا سے گزر کر دریا کے جسم میں پھیل گئی تھیں اور مٹیالے پانی کو سیال چاندی میں تبدیل کر رہی تھیں۔ بوڑھے کا سیاہی مائل چہرہ چاندی کی ہلکی سی سرخی مائل روشنی میں چمک اُٹھا تھا اور سفید بادبان بادل کا ایک خوبصورت ٹکڑا معلوم ہوتا تھا جو ہمیں چاندی کے دریا میں بہائے لئے جا رہا تھا۔

بوڑھے ماہی گیر نے نظر اُٹھا کر چاندی کی طرف دیکھا پھر بادبان کی طرف۔ بادبان کچھ ٹیڑھا ہو گیا تھا یا شاید ہوا کا رخ بھی بدلنا ضروری تھا۔ اس نے اپنے بیٹے کو آواز دی۔ دونوں نے لپٹی ہوئی رسیاں کھولیں اور بادبان کا رخ بدل کر میرے پاس آ بیٹھے۔

"جب سے لڑائی شروع ہوئی ہے، مفلسی اور بڑھ گئی ہے۔ پہلے قحط پڑا، پھر وبائیں پھیلیں۔ ایسا قحط اور ایسی وبائیں تو میں نے دیکھی نہیں تھیں۔ ہیضہ اور پھر کالا آزار۔ پھر بد چلنی۔ ہمارے گاؤں کے گاؤں اُجڑ گئے۔ بوڑھے اور بچے مر گئے۔ لڑکے آوارہ ہو گئے اور لڑکیاں گھر بار چھوڑ کر چلی گئیں۔ پھر یہاں فوج آ گئی اور ہمارے لڑکے اور لڑکیاں ماہی گیری چھوڑ فوج میں مزدوری کرنے لگے۔ ماہی گیری کیسے کرتے؟ نہ جال تھے، نہ کشتیاں۔ سر چھپانے کیلئے گھر بھی نہیں تھا۔ یہ سب چیزیں تو قحط ہی کے زمانے میں بک چکی تھیں۔ اب لڑکے بے حیا ہو گئے تھے۔ لڑکیاں اور بھی زیادہ بے شرم ہو گئی ہیں۔ سپاہی انہیں روپے دیتے اور وہ سپاہیوں کو اب کیا کہوں؟ کیا دیتی ہیں۔ پہلے انہیں جال کی مرمت کرنی پڑتی تھی۔ سر پر مچھلیوں کی ٹوکری رکھ کر بازار جانا پڑتا تھا۔ پیٹ بھر کھانا نہیں ملتا تھا۔ تو بھی محنت سے جسم تندرست رہتے تھے۔۔ چہرے پر ایمانداری کی چمک ہوتی تھی۔ اور اب.......؟ اب کیا ہے۔ ذرا سی آنکھیں مٹکائیں، ذرا سا کولہا چلایا اور کام بن گیا۔ مجھ ہی کو دیکھوں۔ میرے گاؤں میں تین سو گھر تھے اور صرف آٹھ گھر رہ گئے ہیں۔ باقی سب اُجڑ گئے ان کھنڈروں میں بیٹھ کر گھنٹے روتے ہیں۔ میری بیوی قحط میں مر گئی۔ دو بیٹیاں تھیں، وہ گھر سے بھاگ گئیں۔ اب سنا ہیں کہ اراکان روڈ پر مزدوری کر رہی ہیں۔ مزدوری تو کیا کر رہی ہونگی یہ تو ایک بہانا ہے۔ ایک کا نام رادھا ہے اور دوسری کا ساوتری۔ یہ نام تمھیں اس لئے بتا رہا ہوں کہ

تمہارا باپ زندہ ہے۔ نیا جھونپڑا لیا ہے، جال بھی ہیں اور کشتی بھی اور دریا میں بہت سی مچھلیاں ہیں۔ رادھا اور ساوتری آجائیں تو ہم خوب مچھلیاں پکڑیں گے۔ ہمارا ایک جال بھی ٹوٹا پڑا ہے ،اُس کی مرمت بھی ان کے بغیر کیسے ہوگی؟

بوڑھے کی آنکھوں میں آنسوں آگئے۔ وہ چپ ہوگیا اور بہتے ہوئے پانی کی موجیں گننے لگا۔ جیسے وہ ان موجوں کے آئنے میں اپنی ساری گزری ہوئی زندگی کا عکس ڈھونڈھ رہا تھا۔ اُس کی ایک جھلک دیکھنا چاہتا تھا۔ اُس کا اُجڑا ہوا گاؤں، مرے ہوئے ساتھی، بیوی جو داغ مفارت دے گئی، گھر چھوڑ کر بھاگ جانے والی بیٹیاں جو اس کو اب بھی اتنی ہی پیاری تھیں۔ وہ سب ان موجوں پہ تیر رہی تھیں۔ میں نے دیکھا کہ بوڑھے ماہی گیر کی انگلیاں کانپ رہی ہیں اور آنکھوں سے بہہ کر آنسو اس کی جھریوں میں بھر گئے ہیں۔

تھوڑی دیر بعد اس نے ایک ٹھنڈی سانس لی اور کہنے لگا۔'' رادھا اور ساوتری ہی کو کیوں بُرا کہو۔ آج کل سب لڑکیاں ایسی ہی ہوگئی ہیں۔ ہمارے یہاں کالے گورے ہزاروں سپاہی آگئے ہیں۔ وہ لڑکیوں کیلئے موزے لاتے ہیں سفید اور لال پاوڈر سے بھرے ہوئے ڈبے لاتے ہیں چھوٹے چھوٹے آئینے لاتے ہیں اور لڑکیاں دیوانی ہوجاتی ہیں اور اپنا منہ رنگ کر اُن کے پیچھے دوڑتی ہیں۔ سپاہی دریا میں اور تالابوں میں ننگے نہاتے ہیں اور لڑکیاں کنارے کھڑی ہوکر اُن کا تماشہ دیکھتی ہیں۔ میں نے اپنی آنکھوں سے یہ سب کچھ دیکھا ہے۔ اور کئی بار سوچا کہ یہ سب لڑکیاں قحط اور وبا میں مرکیوں نہیں گئیں، مچھلیاں پکڑنا، کھیت بونا اچھا پیشہ ہے۔ مانا کہ اس سے غریبی دور نہیں ہوتی لیکن عزت تو باقی رہتی ہیں۔ گھر بار تو رہتا ہے۔ لیکن یہ منہ پر رنگ پوت کے دیسی بدیسی سپاہیوں سے آنکھیں لڑانا کہاں کا پیشہ ہے؟ لیکن اب جسے دیکھو وہ یہی کر رہی ہے۔ سپاہی اپنے موٹروں پر گزرتے ہیں تو سڑک کے کنارے کھڑی ہوئی لڑکیوں کو اپنے ساتھ بیٹھا لیتے ہیں اور دو تین میل آگے جا کر چھوڑ دیتے ہیں۔ وہاں سے دوسرے سپاہی انہیں اُٹھا لے جاتے ہیں ۔چٹ گاؤں سے چٹگا اور چٹگا سے راموا اور راموسے کوکس بازار تک یہی سلسلہ ہے۔ سب لڑکیاں

خراب ہوگئیں ہیں۔کوئی اچھی نہیں رہ گئی۔ میں سوچتا ہوں ہم پر جاپانی بم کیوں نہیں گرتے۔"

پچھم کے ساحل پر ایک گاؤں آباد تھا اور اس کے سرسبز درختوں کا جھنڈ چاندنی میں آہستہ آہستہ پیچھے سرک رہا تھا۔ بوڑھے ماہی گیر نے اپنی انگلی کا اشارہ کر کے کہا۔" وہ گاؤں دیکھتے ہو۔قحط کے زمانے میں وہاں کے تمام آدمی مر گئے۔اُن کی لاشیں گیدڑوں اور کتوں سے کھائیں۔ اس سال درختوں میں پھل نہیں آئے بلکہ شاخوں پر گدھ پلے تھے جو اکثر زندہ آدمیوں پر بھی جھپٹ پڑتے تھے۔کوئی آدمی اس طرف آنے کی ہمت بھی نہ کرتا تھا۔ایک رات کیا ہوا کہ ٹھیک بارہ بجے کے وقت دوسرے گاؤں سے ایک شعلہ بلند ہوا اور اس گاؤں کی طرف چلا۔تھوڑی دیر میں پچھم کی طرف سے ایک شعلہ اُٹھا اور وہ بھی اس گاؤں کی طرف چلا اور پھر دونوں شعلے مل گئے ۔اس کی خبر چاروں طرف پھیل گئی۔اب روز رات کے وقت بارہ بجے دو شعلے ناچتے ہوئے چلتے تھے۔ایک پورب سے اور دوسرا پچھم سے اور دونوں اس گاؤں میں آکر مل جاتے تھے۔کسی نے کہا ۔بھوت ہیں۔کسی نے کہا پریت ہیں اور تم جانتے ہی ہو کہ مرنے کے بعد انسان بھوت پریت بن جاتے ہیں اور یہاں تو ہزاروں آدمی ٹھٹھرے پڑے تھے۔جب میں نے پہلی بار ان بھوتوں کو دیکھا تو میرا دل کانپ اُٹھا۔میں ڈرپوک آدمی نہیں ہوں لیکن بھوت پریت سے تو سبھی ڈرتے ہیں۔"

بیٹے نے باپ کو ٹوک دیا۔"یوں نہیں ہوا تھا۔میں سناتا ہوں۔میں نے تو ان شعلوں کو پکڑا تھا۔"

"سچ!تم نے ان شعلوں کو پکڑلیا؟" میں نے حیرت سے پوچھا

بوڑھے نے خوش ہو کر کہا۔"میرا بیٹا بڑا بہادر ہے۔"اور نوجوان ماہی گیر کا سینہ اور چوڑا ہو گیا اور بازوؤں کی مچھلیاں پھڑک اُٹھیں۔

اُس نے بہت گمبھیر لہجہ میں کہا کہ"کسی کی ہمت نہیں پڑتی تھی کہ ان بھوتوں کو پکڑلے۔اردگرد کے تمام گاؤں تھرتھر کانپتے تھے۔کوئی کہتا تھا بھوت ہیں۔کوئی کہتا تھا کہ انگریزوں نے ایسے بم بنائے ہیں جو رات بھر خود بخود پہرہ دیتے رہتے ہیں اور دشمن کو پہچان کر اس پر جھپٹ پڑتے ہیں

۔بات ہی ایسی تھی۔اس سے پہلے چٹ گاؤں کے کسی آدمی نے شعلوں کو چلتے نہیں دیکھا تھا۔ میرے دل میں کچھ اور ہی آئی۔ میں نے کہا کہ جان رہے یا جائے، میں ضرور پتہ لگاؤں گا کہ یہ شعلے کیا ہیں، کہاں سے آتے ہیں اور کہاں جاتے ہیں؟''

چاند اتنی دیر میں کافی اُنچا ہو گیا تھا اور اس کی کرنوں کی پھوار ہوا کے جھونکوں کے ساتھ زمین پر گر رہی تھی۔ رات ٹھنڈی ہو چلی تھی۔ دونوں ماہی گیروں نے ایک چلم اور بھری اور باری باری اُس کا کش لے کر میری طرف بڑھا دی۔

''میں کئی دن تک منصوبے باندھتا رہا لیکن ہمت نہیں پڑتی تھی۔ آخر ایک دن جی کڑا کر کے میں تیار ہو گیا۔ میں نے اپنی لنگوٹ کس کر باندھ لی اور ہاتھ میں بلم لے لیا اور رات کے گیارہ بجے سے جا کر راستے میں بیٹھ گیا جہاں سے وہ دونوں شعلے گزرتے تھے۔ میرا دل سینے سے نکل کر میرے کانوں میں آ گیا تھا اور اس کی دھڑکن سے کان کے پردے پھٹے جا رہے تھے۔ میں جس پیڑ کے نیچے بیٹھا تھا، اُس کی شاخیں میرے سر پر چڑھتی چلی آ رہی تھیں۔ اور مجھے ایسا معلوم ہو رہا تھا جیسے یہ اب مجھے کچل دیں گی۔ چاروں طرف سناٹا تھا۔ صرف گھاس میں دبکے ہوئے کیڑے مکوڑوں کے بولنے کی آوازیں آ رہی تھیں یا کبھی کبھی کتے رونے لگتے تھے۔ گیدڑ بولنے لگتے تھے یا پیڑوں پر بیٹھے گدھ اپنے پر پھڑ پھڑانے لگتے۔ گیارہ بجے، سوا گیارہ بجے، ساڑھے گیارہ بجے، پونے بارہ بجے۔ بس اب بارہ بجنے ہی والے تھے اور میرے ہاتھ پاؤں سنسنا رہے تھے اور خون معلوم ہو رہا تھا رگوں کو پھاڑ کر باہر نکل آئے گا۔

ٹھیک اُس وقت جب شہر کے گھنٹے نے بارہ بجائے تو میں نے دیکھا کہ دور میرے سامنے زمین سے ایک شعلہ اُٹھا اور میری طرف چلنے لگا۔ دیکھتے دیکھتے دوسری طرف سے ایک اور شعلہ اُٹھا اور وہ بھی میری طرف بڑھنے لگا۔ میرے دل کی دھڑکنیں اور تیز ہو گئیں۔ دونوں شعلے میرے قریب آتے جا رہے تھے اور میں آنکھیں پھاڑیں ہوئے ہوئے اپنے سامنے سے آتے ہوئے شعلے کو دیکھ رہا تھا۔ رات کے اندھیرے میں اس کی چمک بہت تیز تھی۔ تھوڑی دیر بعد میں نے محسوس کیا کہ وہ

شعلہ زمین پر نہیں چل رہا بلکہ ہوا میں اُڑ رہا ہے۔ آہستہ آہستہ ہوا میں معلق شعلہ میرے قریب آتا گیا۔ میرا بدن سن ہو گیا۔ زبان منہ میں اینٹھ گئی۔ بلم کو چھوا تو وہ کئی من کا معلوم ہوا۔ میرے پیر زمین نے پکڑ لیئے تھے اور اب مجھ میں اٹھنے کی بھی سکت نہیں تھی۔ میں نے عمر میں پہلی بار یہ محسوس کیا کہ میں بزدل ہوں۔ مگر اب کیا ہوتا؟ موت میرے سر پر آ گئی تھی اور وہ شعلہ مجھ سے دو تین گز کے فاصلے پر تھا اور میں اس کے راستے میں بیٹھا ہوا تھا۔ یکا یک میرے جسم میں ایک آگ سے لگ گئی۔ خون جو میری رگوں میں جم گیا تھا، پھر تیزی سے دوڑنے لگا اور کسی نے مجھے زمین سے اوپر اُچھال دیا اور میرے منہ سے بے ساختہ نکلا۔۔۔کون ہے۔"

نوجوان ماہی گیر جب سو گیا تو بوڑھا ماہی گیر اپنی پھٹی ہوئی قمیض پر ایک پھٹی صدری پہننے لگا۔ رات کی خشکی بڑھ رہی تھی۔ ہم شاید سمندر کے قریب پہنچ رہے تھے کیونکہ بوڑھا ماہی گیر کشتی میں لپٹے ہوئے چپوؤں کو اِدھر اُدھر لگا رہا تھا۔ ہوا کے جھونکے بھی بھیگے ہوئے تھے اور ان میں ہلکے سے نمک کا ذائقہ تھا۔

میں نے حیرت اور شوق سے پوچھا۔ "پھر کیا ہوا؟"

نوجوان ماہی گیر نے اپنی چلم سے دو تین لمبے لمبے کش اور لئے اور پھر دریا میں چلم اُلٹ دی۔

"ہاں تو میرے منہ سے بے ساختہ نکلا 'کون ہے؟' اس کے ساتھ فضا میں ایک چیخ بلند ہوئی اور زمین پر بہت سارے انگارے بکھر گئے۔ میرے سامنے ایک ننگ دھڑنگ عورت کھڑی تھی جس کا جسم تھر تھر کانپ رہا تھا۔"

"عورت؟" میں نے پوچھا جیسے مجھے یقین نہ آیا ہو۔

"ہاں عورت۔۔۔۔ جوان عورت۔ ایسی ہی کوئی بیس برس کی اور سر سے پاؤں تک ننگی۔ میں نے لپک کر اُسے پکڑ لیا۔ اُس نے اپنے آپ کو چھڑانے کی کوشش نہیں کی بلکہ میرے کندھے پر سر رکھ کر ہچکیاں لینے لگی اور میرا سینہ اس کے آنسوؤں سے بھیگ گیا۔ کوئی دس گز کے فاصلے پر

انگارے کا ایک ڈھیر اور پڑا تھا اور اندھیرے میں ایک پرچھائیں سی بھاگتی ہوئی نظر آ رہی تھی۔ میں نے پوچھا 'تو کون ہے؟' لیکن وہ مسلسل روئے جا رہی تھی آخر میں نے اس کا چہرہ اپنے کندھے سے اُٹھایا اور اُسے غور سے دیکھا۔ ارے یہ تو چہرو تھی۔ عبداللہ چاچا کی بیٹی۔ میں نے کہا۔ ''چہرو تجھے کیا ہو گیا ہے۔ یہ رو کیوں رہی ہے؟ منہ سے بولتی کیوں نہیں میں بھلا تیرا کیا بگاڑوں گا؟ میں گنیش ہوں گنیش مچھیرا۔''

''ہاں!'' اس نے سسکی لیتے ہوئے کہا۔

''مجھے بڑی شرم آ رہی تھی کہ ایک ننگی عورت میری گود میں ہے میں نے بہت کوشش کی لیکن آنکھیں بند نہیں کر سکا۔ ستاروں کی روشنی میں میں نے اُسے سر سے پاؤں تک دیکھا۔ وہ بے حد خوبصورت تھی جیسے کوئی اپسرا۔

''وہ اپنے گاؤں کی سب سے خوبصورت لڑکی تھی۔ عمر بیس برس کی ہو گئی تھی لیکن اب تک بیاہ نہیں ہوا تھا۔ اُسکے باپ کے پاس بیاہ کرنے کے لئے روپیہ تھا ہی نہیں۔ گاؤں کے تمام لڑکوں کی رال اس پر ٹپکتی تھی اور جس طرف نگاہ اٹھا کر دیکھ لیتی تھی، یا ذرا مسکرا دیتی تھی، اُس کا دل کئی دن تک دھڑ کتا رہتا تھا۔ میں نے بھی اُسے کئی بار دیکھا تھا اور دل میں یہ سوچتا تھا کی کاش وہ مچھیری ہوتی یا میں مسلمان ہوتا۔ میں اس سے ضرور شادی کر لیتا لیکن مشکل یہ تھی کہ میں مچھیرا تھا اور وہ مسلمان۔ لیکن آج رات کو بارہ بجے گاؤں کی یہ سب سے زیادہ خوصورت لڑکی جس پر ہر جوان لڑکا اپنی جان چھڑکتا تھا، اکیلی اور ننگی میری گود میں تھی۔ چاروں طرف سے سڑی ہوئی لاشوں کی بو آ رہی تھی۔ درختوں پر گدھ اپنے پروں کو پھڑ پھڑا رہے تھے، کتے رو رہے تھے اور گیدڑ بول رہے تھے۔ اور چہرو میرے سینے پر سر رکھے ہوئے تھی۔

''میں چہرو کو لیکر کھیت کی مینڈھ پر بیٹھ گیا۔ میں نے سوچا کہ اسے جی بھر کر رو لینے دو۔ جب اس کے سارے آنسو بہہ جائیں گے، تب بات کروں گا۔''

بوڑھے ماہی گیر نے آواز دی۔ ''سمندر آ گیا چپو سنبھال لو۔'' گنیش پیچھے اور اس کا باپ

آگے بیٹھ گیا اور چپو چپا چپ چلنے لگے۔ میں بھی اُٹھ کر بیٹھ گیا۔ دریا کی انفرادیت غائب ہو چکی تھی اور اب ہمارے چاروں طرف پانی ہی پانی تھا۔ سمندر پر ایک غنودگی طاری تھی۔ لہریں آہستہ آہستی سانسیں لے رہی تھیں۔ ہوا کے جھونکیں بڑے ہلکے تھے۔ ہماری کشتی پورب کی طرف مڑ گئی تھی اور چاند ہماری سر پر چمک رہا تھا۔ ایک خوبصورت چہرے کی طرح جو مکان کی سب سے اُونچی منزل کی کھڑکی سے جھانک رہا ہو۔ اور راہگیروں پر اپنے حسن کی بارش کر رہا ہو۔ دونوں ماہی گیر بڑی پھرتی اور صفائی سے چپو چلا رہے تھے۔ اُن کے جسم کے ایک ساتھ آگے جھکتے تھے اور پھر سیدھے ہو جاتے تھے۔ سیدھے ہوتے وقت اُن کے کندھے بلند ہوتے تھے اور سینے تن جاتے تھے۔ چپوں اُن کے ہاتھ معلوم ہوتے تھے جو سمندر تک پھیلے ہوئے تھے اور موجوں کو اس طرح کاٹ رہے تھے جیسے ہنسیا دھان کے پکے کھیتوں کو کاٹتا ہے۔ اُن کے بازوؤں کی جنبش ایک خاموش ہم آہنگی اور ترنم تھا جو سمندر کے موجوں کے ترنم سے مل گیا تھا۔

وہ دونوں بڑی دیر تک کشتی کھیتے رہے۔ یہاں تک کہ چاند پچھم کی طرف ڈھل گیا اور ایک گول ٹکیا سمندر کی سطح کے قریب لرزنے لگی۔ باپ اور بیٹا دونوں تھک کر چور ہو گئے اور ستانے کے لئے انہوں نے پھر چپو نکال کر کشتی میں لٹا دیئے۔ گنیش نے اپنی ہتھیلیاں ملیں۔ بوڑھے ماہی گیر نے پھر چلم بھری اور کشتی کی ایک دیوار سے سہارا لے کر لیٹ گیا۔ بادبان میں بھری ہوئی ہوا کشتی کو آہستہ آہستہ چلا رہی تھی۔

میں نے گنیش کو آواز دی۔ وہ مسکرانے لگا۔ ”تم چہرو کے بارے میں سوچ رہے ہو گے؟“

”ہاں“

”میرے دل میں بھی چہرو ہی بیٹھی ہوئی ہے۔ اُس کا نام گل چہر تھا اور وہ ایک بہت غریب لڑکی تھی۔ سب لوگ اُسے چہرو کہتے تھے۔ قحط میں اس کے ماں باپ، بھائی بہن، سب مر گئے۔ وہ اکیلی رہ گئی۔ اُس زمانے میں تو بھیک بھی نہیں ملتی تھی۔ فاقے کرنے اور ایڑیاں رگڑ رگڑ کر مر جانے کے سوا چارہ ہی کیا تھا۔ لیکن چہرو خوبصورت تھی۔ اُس کی ایک سپاہی سے آشنائی ہو گئی۔ کوئی پنجابی

سپاہی تھا اور وہ دونوں چھپ چھپ کر ملنے لگے۔ ملنے کی یہ انوکھی ترکیب نکالی کہ رات کے بارہ بجے دونوں ننگے ہو جاتے تھے اور سروں پر آگ کی تھالی بھر کر رکھ لیتے تھے اور اُس گاؤں میں چلے جاتے تھے جہاں کسانوں کی لاشیں سڑ رہی تھیں۔"

لیکن وہ اس طرح کیوں ملتے تھے؟"

میں نے بھی چہرو سے یہی سوال کیا کہ تو نے یہ کیا تماشہ کیا ہے۔ رات کے بارہ بجے ننگی ہو کر چڑیلوں کی طرح کیوں نکلتی ہے؟ اس نے جواب دیا کہ لوگ سچ مچ مجھے چڑیل اور میرے سپاہی کو بھوت سمجھیں۔ میں نے کہا کہ تو اس کے ساتھ نکاح کیوں نہیں کر لیتی؟ تو اُس نے بتایا کہ وہ ایک بار اپنے سپاہی کے ساتھ کمپ گئی تھی تو فوجی افسروں نے اُسے دیکھ لیا اور اسے سزا دی۔ پھر فوجی ٹھیکیداروں نے اُس کے پاس آدمی بھیجے کہ چل تجھے بڑے افسروں کے پاس لے چلیں گے لیکن وہ بڑے افسروں کے پاس نہیں جانا چاہتی تھی۔ وہ کوئی بیسوا تھوڑی تھی۔ اُسے سچ مچ اپنے سپاہی سے محبت تھی۔ اس لئے رات کے بارہ بجے جب تمام گاؤں کے لوگ ڈر کے مارے گھروں میں چھپ جاتے تھے تو وہ اپنے سر پر آگ کی بھری ہوئی تھال رکھ کر نکلتی تھی اور اپنے سپاہی سے مل کر واپس چلی جاتی تھی۔ سپاہی اُس کے کھانے اور رہنے کا خرچ دیتا تھا۔ جب میں نے یہ سنا تو مجھے بڑا افسوس ہوا۔ میں نے اس سے معافی مانگی لیکن اُسنے کہا کہ" اب میں اپنے سپاہی سے نفرت کرنے لگی ہوں" میں نے پوچھا۔" کیوں؟" تو بولی کہ" وہ مجھے اکیلا چھوڑ کر بھاگ گیا۔ ڈرپوک کہیں کا؟ وہ تو کہو کہ تم تھے اور تم مجھے جانتے ہو۔ کوئی اور ہوتا تو کیا ہوتا؟ اور تم نے بھی مجھے ننگا دیکھا ہے۔ بتاؤ تمہیں میرا جسم دیکھنا کا کیا حق ہے؟ میں تمھاری بیوی نہیں ہوں، تمہاری معشوقہ نہیں ہوں۔ تم نے میرے جسم پر اپنی نگاہیں کیسے ڈالیں؟" یہ کہہ کر چہرو مجھ سے لڑنے لگی۔ وہ تن کر کھڑی ہوگئی۔ اُس کی آنکھوں سے شعلے نکل رہے تھے اور اس نے اپنے خوبصورت بالوں سے اپنا سینہ چھپا لیا تھا۔ میں نے کہا چہرو میں تم کو گھر پہنچا آؤں لیکن اُس نے انکار کر دیا،" کیا سمجھتے ہو؟ میں ڈرتی ہوں میں خود چلی جاؤں گی۔ جہاں میرا دل چاہے گا، وہاں جاؤں گی۔ میرا کوئی گھر نہیں ہے۔"

وہ دیر تک کھڑی ہوئی سانس لیتی رہی اور پھر خود ہی بڑی نرمی سے بولی۔ ''تم کسی سے کہو گے تو نہیں؟'' میں نے وعدہ کیا تو وہ مسکرائی۔ اس سے میری ہمت بڑھی۔ اور میں نے کہاں۔ ''چھرو میں تم سے محبت کرنے لگا ہوں۔ مجھ سے بیاہ کروگی؟'' وہ بہت زور سے ہنسی قہقہہ مار کر، جس کی آواز سن کر کتے پھر رونے لگے۔ اور گدھا اپنے پر پھڑ پھڑانے لگے۔ میں نے کہاں۔ ''میں نے کہا چھرو میں سچ مچ تم سے بیاہ کرنا چاہتا ہوں۔ آج سے نہیں بلکہ میں دو برس سے تمہارا دیوانہ ہوں''۔

چھرو پھر سنجیدہ ہوگئی اور کہنے لگی۔ ''تم نے پہلے کیوں نہیں بیاہ کی بات کی۔ مجھے دو وقت کھانا دے سکو گے؟ میری بہن دس برس کی بیاہی تھی لیکن اُس کے میاں نے اُسے ہاتھ پکڑ کر باہر نکال دیا۔ میری ماں نے مرنے سے پہلے اپنے تین برس کے بیٹے کو گھر سے دھکیل دیا، ایک مٹی بھر چاول کے لیے میرا باپ گلا گھونٹنا چاہتا تھا۔ بتاؤ تم مجھ سے بیاہ کر کے مچھلی اور بھات کہاں سے دو گے؟ آج تم نے مجھے ننگا دیکھا ہے تو تمہیں مجھ سے محبت ہوگئی، لیکن اس محبت سے تم چاول نہیں خرید سکو گے۔ چاول.... چاول.... دو روپیہ سیر بک رہا ہے.... دو روپیہ سیر۔'' یہ کہتی ہوئی وہ چلی گئی۔ چھرو چلی گئی اور اس کا خوبصورت جسم اندھیرے میں کھو گیا۔ میرے سامنے انگاروں کا ڈھیر پڑا تھا جو رفتہ رفتہ بجھتے جا رہے تھے۔ وہ راتوں رات کہیں نکل گئی اور آج تک واپس نہیں آئی۔ اس قصے کو چھ مہینے ہوگئے ہیں۔ میں اپنے دل میں چھرو کی یاد لیے بیٹھا ہوں۔ جب بہت اُداس ہوتا ہوں تو کشتی لے کر دریا میں نکل جاتا ہوں۔ جسمانی محنت سے دل کا درد دُور ہو جاتا ہے۔''

گنیش تھوڑی دیر سر جھکائے بیٹھا رہا اور پھر اُٹھ کر خاموشی سے چپو چلانے لگا۔ اُس کا بوڑھا باپ خرّانٹے لے رہا تھا اور سمندر کی موجیں سسک رہی تھیں۔

میں بھی لیٹے لیٹے سو گیا۔ گنیش رات بھر اکیلا چپو چلاتا رہا۔ جب صبح میری آنکھ کھلی تو سورج نکل رہا تھا۔ سمندر کی موجیں ناچ ناچ کر گیت گا رہی تھیں۔ ہمارے پیچھے سبز رنگ کا زمردیں سمندر تھا اور سامنے سنہرے رنگ کا سمندر جس کے کنارے کوکس بازار کا دلکش ساحل پھیلا ہوا تھا۔ سپاری کے نازک درخت سر اُٹھائے ہوئے کھڑے تھے۔ جیسے ابھی سمندر سے نہا کر نکلے ہوں اور دھوپ

میں اپنے بال سکھا رہے ہوں۔ دونوں ماہی گیر تیز تیز چپو چلا رہے تھے اور کشتی کو کس بازار کے ننھے سے دریا کے دہانے میں داخل ہو رہی تھی۔

اب ہم پتلے سے دریا کے اندر تھے اور ہمارے دونوں طرف کالی کیچڑ اور پھر سنہرے رنگ کا ساحل تھا۔ ایک طرف ہزاروں موٹریں اور توپیں کھڑیں تھیں ۔ دوسری طرف ہوائی اڈے پر سینکڑوں جہاز بڑی بڑی ٹڈیوں کی طرح اپنا سر اٹھائے کھڑے تھے۔ کئی جہاز سر پر منڈلا رہے تھے ۔ جہاز توڑ توپیں اپنے دہانے آسمان کی طرف اٹھائے ہوئے جاپانی جہازوں کا انتظار کر رہی تھیں اور بہت سے سپاہی، افسر اور مزدور ریت پر چل پھر رہے تھے۔ بیچ دریا میں ایک لکڑی کا پل بنا ہوا تھا جس کے پاس کئی کشتیاں اور سمپانیں تیر رہی تھیں ۔ ہماری کشتی بھی پل سے لگ کر کھڑی ہو گئی۔

یکا یک گنیش کی زبان سے نکلا۔ ''چہرو''

میں نے نظر اٹھا کر دیکھا تو مبہوت رہ گیا۔ پل پر ایک دبلی پتلی لڑکی کھڑی تھی۔ اُس نے زرد مخمل کی پتلون اور سبز مخمل کی جیکٹ پہن رکھی تھی۔ اُس کے کٹے ہوئے بال سمندر سے آنے والی ہوا سے اڑ رہے تھے۔ بھنویں تنی ہوئی تھیں اور آنکھوں میں سورج کی کرنوں سی تیزی تھی۔ میں نے پھر نظر بھر کر اس کی طرف دیکھا۔ اُس کے رخسار پاؤڈر اور رنگ سے گلابی ہو رہے تھے۔ اور ہونٹوں پر لپ اسٹک کی ایک بڑی گہری تہہ جمی ہوئی تھی۔ بائیں ہاتھ کی کلائی پر گھڑی بندھی ہوئی تھی اور داہنے میں ایک فوجی بید تھا۔

اُس نے بید سے میری طرف اشارہ کر کے کہا۔ ''بھدر لوک'' اور اُس کی آنکھوں میں ایک وحشی چمک ناچ اُٹھی۔ (بھدر لوک، بنگالی زبان میں شریف، سفید پوش)

بوڑھے ملاح نے جلدی سے کہا۔ ''پرمٹ دکھاؤ۔''

میں نے جلدی سے پرمٹ نکالا اور کشتی میں کھڑے ہو کر چہرو کی طرف دیکھا لیکن اُس نے پرمٹ کی طرف دیکھا بھی نہیں اور مجھ سے کہا۔ ''کشتی سے نیچے اترو۔''

میں نے پل پر چڑھنے کے لئے ہاتھ بڑھایا ہی تھا کہ اُس نے اپنے بید سے ایک ٹھوکا دے کر کہا۔ اُدپر مت چڑھو، کشتی سے اُترو۔"

لیکن نیچے سیاہ رنگ کی کیچڑ تھی میں حیران تھا اور میری سمجھ میں کچھ نہیں آرہا تھا کہ کیا ہو رہا ہے۔

گنیش نے کہا۔ "چہرو تو کتنی بدل گئی ہے؟ دیکھتی نہیں نیچے کتنا کیچڑ ہے۔"

"دیکھ رہی ہوں۔" چہرو نے گنیش کی آنکھوں میں آنکھیں ڈال کر کہا۔

"اسی لیے تو کہہ رہی ہوں کہ اسے نیچے اتارو۔ یہ بھدرلوک ہے اور بھدرلوک کو پل پر چڑھنے کی اجازت نہیں ہے۔ اسے کیچڑ پر چلاؤ تا کہ اس کے سفید کپڑے لت پت ہو جائیں۔ جلدی کرو دوسری کشتیاں آرہی ہیں۔"

چہرو کی آواز میں ایک قسم کا وقار تھا۔ آنکھوں میں وہی وحشی چمک، گنیش اور بوڑھے ملاح کے چہروں پر پریشانی تھی۔ میں نے پیچھے موڑ کر دیکھا کئی فوجی کشتیاں آرہی تھیں۔

میں کیچڑ میں چلنے کو تیار ہو گیا اور اپنے جوتے اتارنے لگا۔ گنیش نے اپنی مضبوط بازوؤں کی جنبش سے میرا سارا سامان اُٹھا کر ساحل پر پھینک دیا۔ بوڑھے ملاح نے کہاں۔ "چہرو! تو بڑی افسر ہو گئی ہے اور ہم سب کو بھول گئی ہے" پھر میری طرف اشارہ کر کے بولا۔ "یہ بھدرلوک نہیں ہیں۔ بمبئی سے آئے ہیں۔ غریبوں کی سیوا کرتے ہیں۔"

آخری جملہ سُن کر چہرو کو گھن آگئی۔ اُس کے ہوٹ تلخی سے اینٹھ گئے اور اُس نے اپنی وحشی آنکھوں سے مجھے گھور کر دیکھا اور بولی۔ "سب بھدرلوک ایک سے ہوتے ہیں اور غریبوں کی سیوا کرتے ہیں چاچا! میں تمہیں بھولی نہیں ہوں۔ اپنی ماں کی کوکھ کو بھی نہیں بھولی ہوں۔ مجھے خوب یاد ہے کہ میں کون ہوں؟ تم مچھیرے ہو اور میں کسان کی لڑکی ہوں۔ میں ہر بھدرلوک کو اس کیچڑ میں چلاتی ہوں۔ تم نے اسے سمندر میں ڈبو کیوں نہیں دیا۔ بھدرلوک کہیں کا؟"

میں اتنی دیر میں کیچڑ میں اتر چکا تھا۔ اور جیب سے پیسے نکال کر کشتی کا کرایہ ادا کر رہا تھا۔

میرے پیر گھٹنوں گھٹنوں تک سیاہ کیچڑ میں دھنس گئے تھے۔ پُل پر کھڑی چہرو مجھے دیکھ کر مسکرا رہی تھی۔ اور گنیش اسے للچائی ہوئی نظروں سے دیکھ رہا تھا۔

جب میں کیچڑ سے گزر کر ساحل پر پہنچا تو چہرو کا قہقہہ بلند ہوا۔ پھر اس نے اپنا ہاتھ بڑھا کر گنیش کو پل کے اُوپر چڑھا لیا اور اس سے ہنس ہنس کر آہستہ آہستہ کچھ باتیں کرنے لگی۔

گنیش نے پکار کر باپ سے کہا۔ ''بابا! تم جاؤ، میں یہیں رہوں گا۔''

بوڑھے ملاح نے ملامت بھری نظروں سے دونوں کو دیکھا اور بولا۔ ''پاگل مت بن بیٹا۔ چہرو تیرے کام کی نہیں رہ گئی ہے۔'' چہرو نے مسکرا کر گنیش کے رخسار پر اپنی ہتھیلی سے ایک ہلکی سی تھپکی دی اور اُسے سہارا دے کر پل سے نیچے کی کشتی میں اُتارنے لگی۔ گنیش نے اُس کا ہاتھ جھٹک دیا اور کود کر کشتی میں بیٹھ گیا۔ اُس نے دونوں ہاتھوں میں چپو اٹھا لئے اور انہیں تیز تیز چلاتا ہوا کشتی سے نکال لے گیا۔ چہرو کی نگاہیں اُس کا دور تک تعاقب کرتی رہیں۔

میں ایک میلے تولیے سے اپنے پیروں کی کیچڑ پوچھ رہا تھا کہ چہرو پل سے اتر کر میرے پاس آ کھڑی ہوئی اور پوچھنے لگی۔ ''تم کہاں سے آئے ہو؟ بمبئی سے؟''

''جہنم سے'' میں نے جل کر جواب دیا۔

''میں کبھی کبھی بھدر لوک کو پیٹ بھی دیتی ہوں اپنے بید سے۔'' چہرو ماجھی کی آنکھوں میں شرارت تھی۔

میں نے گردن اٹھا کر اس عجیب وغریب لڑکی کی طرف دیکھا۔ اُس کی آنکھو کی چمک میں بلا کا جادو تھا۔ اور پیشانی پر نفرت اور شرارت سے پڑی ہوئی ہلکی ہلکی شکنیں اُس کے خوبصورت بیضوی چہرے کے معصومیت وقار کا اضافہ تھی۔ میں اس سے باتیں کرنا چاہتا تھا۔ گنیش کی کہانی نے میرا شوق اور بھی بڑھا دیا تھا لیکن چہرو کے تیور بڑے خطرناک تھے اور مجھے زبان کھولنے کی اجازت ہی نہیں دیتے تھے۔

''مجھے گالی کیوں دیتی ہو؟ میں بھدر لوک نہیں ہوں۔'' میں نے جھجکتے ہوئے کہا

''اچھا تم بھدر لوک گالی سمجھتے ہو؟ وہ ہنسی۔ ''مگر تمہارے کپڑے تو ویسے ہی ہیں۔''

''تمھارے کپڑے؟''

''یہ تو میں نے بھدر لوکوں کو جلانے کے لئے پہنے ہیں۔'' مجھے اچھے تھوڑی لگتے ہیں ''

''اور چہرے پر رنگ جو تم نے پوت رکھا ہے؟''

''روزی کمانے کے لئے۔''

میں اس کی صورت دیکھتا رہ گیا۔ یہ بے حیائی تھی؟ بے باکی تھی یا انتقام کا جذبہ؟ میں کچھ فیصلہ نہ کر سکا۔

''اچھا تم بھدر لوک نہیں ہو اور غریبوں کی سیوا کرتے ہو؟ اُس نے بڑے طنز سے پوچھا۔ ''کالا بازار کرتے ہو یا لڑکیاں بیچتے ہو۔'' اس کی ماتھیں کی شکنیں اور گہری ہو گئیں اور تیوروں پر بل پڑ گئے۔ ہونٹو پر ایک تلخ سی ہنسی آئی اور وہ مجھے نفرت اور حقارت سے دیکھتی ہوئی چلی گئی اور میں سوچتا رہ گیا کہ یہ کیسی لڑکی ہے؟ جس میں کسانوں کی بو باس تک باقی نہیں رہ گئی ہے۔

یہ بغاوت اور انتقام نہیں ہے۔ صرف مزاج اور آوارگی ہے۔ یہ پارے سے بنی ہوئی لڑکی جس کی رگوں میں بجلیاں بھری ہوئی ہیں خود اپنی ذات سے انتقام لے رہی ہے۔ اپنی فطرت اور اپنی انسانیت سے بغاوت کر رہی ہے جیسے سمندر کی کوئی بے تاب موج طوفان کی آغوش سے نکل کر ساحل پر آ پڑی ہے تھپیڑے سے خشک ریت کو سمندر بنانے کی کوشش کر رہی ہو۔ ننھے خاک کے ذرے اُسے اپنا رزق سمجھ کر ایک ایک گھونٹ کر کے۔ پی جائیں گے۔

کوکس بازار میں ہر ایک کی زبان پر چہرو مانجھی کا نام تھا۔ چہرو چوبیس برس کی کسان کی لڑکی تھی جس نے مزدوری کرتے کرتے مزدوروں کی سرداری حاصل کر لی تھی اور اب مانجھی کہلاتی تھی ۔جس نے تھابنی (دھوتی) اور کچھا (چولی) ترک کر کے انگریزی لباس پہننا شروع کر دیا تھا۔ جو اپنے حسن کی وجہ سے فوجی افسروں کے منہ چڑھی ہوئی تھی، جو کسی سفید پوش آدمی کو برداشت نہیں کر سکتی تھی۔ جو ہر ایک کی بے عزتی کر دیتی تھی۔ جو درجنوں شریف آدمیوں کو کیچڑ میں چلا چکی تھی۔

عورتیں خاص طور سے اس سے نفرت کرتی تھیں لیکن مرد کچھ للچائے ہوئے لہجے میں اُس کی مذمت کرتے تھے۔

دوسرے دن میں نے اسے ایک جیپ میں گزرتے دیکھا۔ اُس کی گود میں پھولوں کا ایک بڑا سا گچھا رکھا تھا۔

تیسرے دن وہ مجھے ایک چرنگ (لکڑی کا جھونپڑا) کے پاس کھڑی ہوئی مل گئی اور مجھے دیکھ کر مسکرا دی۔

میں نے کہا۔ ''کیسی ہو چھرو؟''

''کیسی ہوں؟'' اس کی آنکھیں پھر چمک اٹھیں ''اچھا یہ بتاؤ، میں پتلون اور جیکیٹ پہن کر کیسی لگتی ہوں؟''

''بالکل انگلستان کی شہزادی معلوم ہوتی ہو۔''

وہ کھلکھلا کر ہنس پڑی اور اُس کے دونوں رخساروں میں دو چھوٹے چھوٹے گڑھے پڑ گئے اور خوبصورت دانتوں کی قطار چمکنے لگی۔ اتنے میں ایک فوجی ٹرک آیا۔ چھرو نے ہاتھ کا اشارہ کیا اور اُچک کر اُس میں بیٹھ گئی۔ جب ٹرک چلا تو وہ کھڑی تھی اور اُس کے دونوں ہاتھ آسمان کی طرف اُٹھے ہوئے تھے اور بال ہوا میں اڑ رہے تھے۔ گاڑی کے پہیوں سے اڑنے والی سرخ دھول نے جوسپاری کے درختوں تک بلند ہوگئی تھی، اُسے ڈھانپ لیا۔

شام کو سارے کوکس بازار میں ایک ہنگامہ برپا تھا۔ ہر شخص یہ کہہ رہا تھا کہ چھرو کو یہاں سے نکال دو۔ اُس نے راموروڈ پر ٹرک سے اتر کر کسی شریف آدمی کو مارتے مارتے لہولہان کر دیا تھا۔ ساری بستی اس کے خلاف ہوگئی تھی لیکن فوج کا خوف انہیں زبانی احتجاج سے آگے نہیں بڑھنے دیتا تھا۔ رات کو خبر آئی کہ فوجی افسروں نے اسے سزا دی ہے اور اب وہ ساحل کے علاقے سے باہر بستی میں نہیں نکلنے پائے گی۔ لوگ اطمینان کی سانس لے کر سو گئے اور پھر چھرو کے افسانے مزے لے لے کر بیان کرنے لگے۔

صبح ساحل پر چہرو مزدوروں کی ایک ٹولی کو کچھ ہدایت دے رہی تھی۔ اُس وقت سمندر سے پانی چڑھ رہا تھا اور لہریں دوڑ دوڑ کر ساحل کا منہ چوم رہی تھیں۔ بڑی بڑی سو گز لمبی لہریں روئی کے گالوں کی طرح بہتی ہوئی اور اپنی چاندی اُچھالتی ہوئی آتی تھیں اور ریت پر جھاگ چھوڑ کر چلی جاتی تھیں۔ چہرو ایک نیلے رنگ کا چست لباس پہنے ہوئے تھی اور ابھی سمندر سے نہا کر نکلی تھی۔ اس کی بانہیں ننگی تھیں بدن پر سمندر کے نمک کا بورادہ جما ہوا تھا۔ بھیگے بال اُلجھے ہوئے تھے اور چہرو کا گندمی رنگ سمندر کے نمکین پانی سے مل کر نکھر آیا تھا۔ میں نے پہلی بار اُس کے سڈول جسم کی دلکشی کا اندازہ کیا۔

وہ مجھے دیکھ کر ایک بار تن گئی اور اس کا سینہ سمندر کی کسی لہر کی طرح بلند ہو گیا۔ ''کیا تم بھی مزدوری چاہتے ہو؟ میں نے کل شام تمہاری ہی طرح ایک بھدر لوک کو پیٹا تھا جو مجھے سڑک کنارے کھڑا گھور رہا تھا۔ کیا تمہاری بھی شامت آئی ہے؟''

''تمہیں بھدر لوک سے اتنی نفرت کیوں ہے؟''

''تم سے مطلب؟ تم ہوتے کون ہو؟''

''میں کیسے بتاؤں جب تم سیدھے منہ بات ہی نہیں کرتی ہو؟''

میں حیران رہ گیا۔ اُس نے لپک کر میرا ہاتھ پکڑ لیا اور دوڑتی ہوئی بالکل ساحل کے کنارے پہنچ گئی جہاں سمندر کی موجیں ریت کا منہ دھو رہی تھیں۔ وہ بھیگی ہوئی ریت پر بیٹھ گئی۔ اپنے پیر سمندر کی طرف پھیلا دیئے اور کہنیاں نرم مخملی ریت پر ٹکا دیں۔

''مجھے ایک بات بتاؤ گے؟'' اُس نے ایسی محبت سے پوچھا جیسے مجھے برسوں سے جانتی ہوں

''پوچھو؟''

گنیش نے تم سے میرے بارے میں کچھ کہا ہے؟''

''ہاں وہ تم سے محبت کرتا ہے۔''

اُس کے چہرے پر ایک رنگ سا دوڑ گیا۔ اور آنکھوں میں بے انتہا نرمی اور لطافت آ گئی جیسے کسی نے جادو کے زور سے اس کی وحشت اور خشونت کو بدل دیا ہو اور وہ بے انتہا حسین ہو گئی۔ سمندر کی موجیں اُس کے پیروں کو چوم رہی تھیں اور ہوا کی غیر مرئی انگلیاں اُس کے بالوں میں کنگھی کر رہی تھیں۔

وہ بڑی دیر تک اپنے ہاتھوں سے گھروندے بناتی رہی اور بگاڑتی رہی۔ مجھے اس ریت سے بڑی محبت ہے۔ میں اسی سے پیدا ہوئی ہوں۔ گنیش بھی اسی سے پیدا ہوا ہے۔ میں اکثر آ کر اس ریت کی گود میں لیٹ جاتی ہوں اور گھنٹوں خواب دیکھتی رہتی ہوں۔ بڑے بڑے دھان کے کھیت کاٹ رہی ہوں اور دھان کی بالیاں سمیٹ سمیٹ کر کھلیان لگا رہی ہوں۔ میں کٹے ہوئے کھیتوں کی منڈیروں پر گاتی ہوئی گھوم رہی ہوں، زمین گا رہی ہے، آسمان گا رہا ہے ہوائیں گا رہی ہیں اور دریا کے کنارے ایک چھوٹی سی جھونپڑی ہے جس میں گنیش بیٹھا ہوا ہے۔ اُس کے جال میں بڑی بڑی مچھلیاں تڑپ رہی ہیں جنہیں دیکھ کر چھوٹے چھوٹے بچے تالیاں بجا بجا کر ہنس رہے ہیں اور ناچ رہے ہیں۔

''وہ چپ ہو گئی اور ریت کے گھروندے کو اپنی مٹھی میں اُٹھالیا۔

''میں گنیش سے بہت باتیں کرنا چاہتی تھی۔ لیکن اُس کا باپ موجود تھا۔ بڈھا کھوسٹ کہتا ہے کہ میں گنیش کے قابل نہیں رہ گئی ہوں اور وہ اپنے باپ کے خلاف کچھ نہیں کر سکتا۔ بزدل کہیں کا۔ دیکھو نا مجھے چھوڑ کر چلا گیا۔'' اُس نے آخری جملہ بچوں کی طرح کہا۔

''مگر تم خود جو اسے چھوڑ کر چلی آئیں؟''

''محبت کرنے کے لئے ہمت کی ضرورت ہوتی ہیں۔ مجھے بزدل آدمیوں سے بڑی نفرت ہے۔ میں ایسے آدمی پسند کرتی ہوں جو ہنستے ہوئے موت کے منہ میں چلے جائیں۔ دیکھو سمندر میں طوفان آ رہا ہے۔ پانی گزوں اُچھل رہا ہے۔ اگر میں گنیش سے اس وقت کشتی کھینے کے لئے کہوں تو وہ کبھی تیار نہ ہوگا۔ کنارے کھڑا ہوا جال پھینکے گا۔ مچھیرا ہے نہ مچھیرا؟ مجھے بھی مچھلی کی طرح پکڑنا

چاہتا ہے۔ بتاؤ میں مچھلی تو نہیں ہوں۔ بولو کیا میں مچھلی ہوں؟"

"نہیں"

"میں مچھلی نہیں ہوں ۔ میں عورت ہوں چھرو ہوں۔گل چھر ہے میرا نام مجھے کوئی مچھلی کی طرح نہیں پکڑ سکتا۔"

ایک مزدور دوڑتا ہوا آیا اور کہنے لگا۔"چھرو مانجھی! چھرو مانجھی! تمہیں صاحب نے بلایا ہے۔"

"کہہ دو نہیں آتی"

"وہ بوتھی ڈانگ جا رہے ہیں۔موٹر میں بیٹھے ہیں۔"

"بس کہہ دو نہیں آتی۔ میں بوتھی ڈانگ نہیں جاؤں گی۔ میں سمندر میں جا رہی ہوں۔"

مزدور چلا گیا۔ میں نے پوچھا "کس نے بلایا ہے؟"

"کوئی نہیں ۔وہ لال منہ کا بندر ہے۔ اُس کا تبادلہ ہو گیا اور مجھے بوتھی ڈانگ لے جانا چاہتا ہے۔ میں نہیں جاتی۔ اُس کے جیسے ہزاروں یہاں ملیں گے۔کوئی میں ڈرتی تھوڑی ہوں۔ کسی چیز سے نہیں ڈرتی۔ آؤ۔طوفان میں کشتی چلائیں بڑا مزہ آئے گا۔"

میں کہنا چاہتا تھا کہ کشتی الٹ جائے گی لیکن اس ڈر سے چپ رہا کہ وہ مجھے بزدل سمجھے گی۔

اُس نے ایک نازک سی سمپان کا انتخاب کیا۔اور پل پر چڑھ کر اُس میں کود گئی۔

میں نے پوچھا۔"میں بھدرلوک ہوں۔کیا کیچڑ میں چلکر آؤں؟"

"پُل سے ہو کر آجاؤ۔تم بھدرلوک نہیں ہو۔ جب تم میرے کہنے سے بغیر احتجاج کئے کیچڑ میں چلنے کو تیار ہو گئے، تب ہی سمجھ گئی تھی کہ تم بھدرلوک نہیں ہو۔"

اُس نے چپو سنبھال لئے اور سمپان کھینے لگی۔ اُس کے ہاتھ بڑی مشاقی سے چل رہے تھے۔ جب سمندر کا پانی چڑھ رہا ہوں، اُس وقت کشتی کھینا مذاق نہیں ہے۔ میرا دل کانپ رہا تھا کہ کہیں سمپان اُلٹ نہ جائے لیکن چھرو بڑے اطمینان سے چپو چلا رہی تھی۔

"تمہیں چپو چلانا آتا ہے؟"

''ہاں بمبئی میں سمندر میں کشتی کھے چکا ہوں۔''

''اور تیرنا بھی آتا ہے؟''

''ہاں کچھ یوں ہی سا۔''

''پھر ڈر کی کوئی بات نہیں۔''

یہ کہہ کر وہ چپوؤں کو اور زیادہ تیز چلانے لگی۔

کھلا ہوا سمندر جوش کھائے پانی کی طرح اُبل رہا تھا اور ہماری سمپان غصے میں بپھری ہوئی موجوں پر ایک سوکھے پتے کی طرح لرز رہی تھی۔ موجوں کے تھپیڑے بڑے سخت تھے اور سمپان بری طرح ڈگمگانے لگی تھی۔ ایک موج کشتی کے اوپر سے گزر کر ہمیں بھگو گئی۔

میں نے کہا۔ ''چپو مجھے دے دو۔''

''تم مجھ سے اچھا چپو نہیں چلا سکتے۔''

''تم سمپان واپس لے چلو۔ اُلٹ جائے گی۔''

''تم ڈر رہے ہو؟''

میں نے لپک کر چپو پکڑ لئے۔ چہرو نے انہیں میرے ہاتھوں سے چھڑانے کی کوشش کی۔ ایک بار سمپان پھرکی کی طرح ناچ اُٹھی اور ایک بڑی سی غضب ناک موج نے آکر اُسے دس بارہ فٹ اُوپر اُٹھالیا اور ایک زبردست جھٹکے سے ساحل پر پھینک دیا۔ ایک دوسری موج ہمارے اُوپر سے گزر گئی۔ اور سمندر غرانے لگا۔ مجھے نہیں معلوم کہ چہرو کہاں گری اور میں کہاں گرا، جب موج ہمارے اُوپر سے گزری تو میں ریت پر پڑا ہوا تھا اور چہرو مجھ سے کئی گز دور کھڑی ہوئی تھی اور کشتی موجوں کے تھپیڑوں میں تھی۔ ایک چپو ریت میں دھنسا ہوا تھا اور دوسرا آسمان کی طرف ہاتھ اُٹھائے ہوئے فریاد کر رہا تھا۔ اُس نے پکار کر پوچھا۔ ''چوٹ تو نہیں لگی؟''

''نہیں ریت بہت نرم ہے۔'' میں نے جواب دیا حالانکہ میرے گھٹنے اور کہنیاں چھل گئی تھیں۔ چہرو پھر میرے پاس آکر بیٹھ گئی اور کہنے لگی۔ ''میرا جی چاہتا ہے کہ کوئی اس دنیا کو اسی طرح

اُٹھا کر پھینک دے۔ جب سمندر میں طوفان آتا ہے تو میں خوشی سے دیوانی ہو جاتی ہوں اور میں سوچتی ہوں یہ طوفان بڑھتا جائے گا، یہاں تک کہ آسمان اور زمین کے بیچ میں صرف سمندر ہی سمندر رہو گا۔ اس کی نیلی موجوں میں ہم تم، گنیش، چاند، سورج، ستارے سب ڈوب جائیں گے۔''

میں نے کہا۔ ''تم پگلی ہوں چھرو''

''ہاں میں سچ مچ پگلی ہوں۔ تم بھی پگلے ہوں جو میرے پاس بیٹھے ہو۔ گنیش بھی پگلا ہے جو مجھ سے محبت کرتا ہے اور وہ لاکھوں کسان اور مچھیرے سب پگلے تھے جو چار دانہ چاول کے لئے ایڑیاں رگڑ رگڑ کر مر گئے۔ صرف بھدر لوک پگلا نہیں ہے۔ باقی سب پگلے ہیں۔''

''تمہیں بھدر لوک سے اتنی نفرت کیوں ہے؟'' میں نے موقع پا کر پوچھا۔

چھرو ایک دم سنجیدہ ہو گئی اور اس کی نظروں کی وحشی چمک اُس کی آنکھوں میں واپس آ گئی۔

'' جانتے ہوں میں کیا کرتی ہوں؟ اس نے مجھ سے پوچھا۔ میں اپنا جسم بیچتی ہوں۔ اجنبی آدمی تم وہ پہلے شخص ہو جس سے میں اس طرح بات کر رہی ہوں۔ لوگ کہتے ہیں میں بہت خوبصورت ہوں۔ مجھے اپنی صورت اور اپنا جسم بہت اچھا لگتا ہے۔ اور میں اسے بیچتی ہوں۔ ایک رات کے تیس روپے لیتی ہوں اور فوجی افسر مجھے اس سے زیادہ روپے دیتے ہیں۔ تم سمجھتے ہو گے یہ میرا خاندانی پیشہ ہے۔ نہیں میں تو کسان کی بیٹی ہوں۔ دھرتی کی طرح پاک۔ میں نے یہ پیشہ کبھی نہیں کیا تھا۔ لیکن جب میرے ماں باپ مر گئے اور سارا گاؤں اُجڑ گیا اور میں ہزاروں لاشوں کے بیچ میں اکیلی رہ گئی اور لاشوں کو نوچ نوچ کر کھانے والے کتے مجھے اپنے دانت پیسے تھے تو گیارہ دن کے فاقوں کے بیچ میں لڑکھڑاتی ہوئی اپنے گاؤں کے زمیندار کے پاس گئی، مٹھی بھر چاول بھیک مانگنے کے لئے۔ وہ چاول کا دھان میں نے پچھلی بار اپنے ہاتھوں سے کاٹا تھا۔ زمیندار کے گھر میں چاول بھرا ہوا تھا۔ لاشوں کی طرح بوریاں گنجی ہوئی تھیں۔ وہ اس کا بیوپار کرتا تھا۔ کالے بازار کا بیوپار جہاں وہ ہمارے کھیتوں کا پیدا کیا ہوا چاول ساٹھ روپے من بیچ رہا تھا۔ میں گیارہ دن کی بھوکی تھی اور دنیا میں کوئی سہارا نہیں تھا۔ کئی بار میں نے سڑی ہوئی لاشوں کا

گوشت کھانے کا ارادہ کیا تھا لیکن گھن آگئی۔ میں نے زمیندار سے مٹھی بھر چاول مانگے۔ اُس سے پوچھا کیا قیمت دوگی؟ مگر میرے پاس کیا تھا۔ میں نے کہاں خیرات دے دو۔ اُس نے کہاں میں کئی خیراتی اسکول اور یتیم خانے چلا رہا ہوں؟ چٹ گاؤں میں میرا خیراتی لنگر خانہ چل رہا ہے۔ آخر کہاں تک خیرات دوں؟ میں نے پوچھا پھر میں کیا کروں؟ چٹ گاؤں تک جانے کی سکت نہیں ہے۔ میرے پاس تو کچھ بھی نہیں ہے، اُس نے کہا۔ ''تمہارے پاس جوانی ہے، خوبصورت چہرہ ہے۔ بھرا ہوا جسم ہے۔ اسے کہیں جا کر بیچ آؤ۔''

لیکن میرا جسم کوئی چاول کی بوری تو نہیں تھا جو میں اسے بیچ دیتی۔ میں وہاں سے بھاگ آئی۔ لیکن دو دن کے بعد جب میں تیرہ دن کی بھوکی تھی، میں اپنا جسم لاش کی طرح گھسیٹ کر زمیندار کے پاس لے گئی۔ میں نے کہاں۔ میں اپنا جسم مٹھی بھر چاول کیلئے بیچنے آئی ہوں۔ اِسے خریدو گے؟ وہ خفا ہو گیا۔ بھدر لوک بڑے عزت والے ہوتے ہیں۔ اُس نے کہاں میں کوئی دلال ہوں۔ میں نے کہا۔ میں اپنا جسم کہاں بیچنے جاؤں؟ مجھ سے تو چلا بھی نہیں جاتا۔ زمیندار نے اپنے گھر سے اسے نکال دیا۔ اُس کا بیٹا جو مجھے گھسیٹ کر باہر لایا تھا، سیر بھر چاول میں میرا جسم لے گیا۔ تب سے میں محسوس کرتی ہوں کہ میرا جسم میرے پاس نہیں ہے۔ میری جوانی نہیں ہے۔ میری خوبصورتی نہیں ہے۔ یہ سب تو سیر بھر کچے چاول میں بک چکی ہیں۔ اس کے بعد مجھے ایک سپاہی ملا۔ وہ ڈرپوک تھا۔ پھر گنیش ملا۔ وہ بھی بزدل نکلا۔ اور اب کوکس بازار میں میری حکومت ہے۔ یہاں جتنے آدمی ہے سب بزدل ہیں۔ یہاں بہت سے بھدر لوک آتے ہیں۔ اپنا بیوپار کرنے کے لئے، فوجی ٹھیکہ لینے کیلئے۔ میں انہیں کیچڑ میں چلاتی ہوں۔ کبھی کبھی کسی کو پیٹ بھی دیتی ہوں۔ لیکن کسی میں اتنی ہمت نہیں کہ میرے الٹ کر تھپڑ مار دے۔ انہیں روپے کی ہوس اور لالچ نے بزدل بنا دیا ہے۔ وہ جانتے ہے کہ میں فوجی افسروں کے منہ چڑھی ہوں اور وہ مجھے تھپڑ مار کر انہیں ناراض نہیں کر سکتے۔ انہیں روپیہ کی ضرورت ہے۔ وہ اپنے گاؤں کی بہو بیٹیاں لا کر فوجی افسروں کے ہاتھ بیچ جاتے ہیں۔ تم سمندر کے راستے واپس مت جانا اراکان روڈ سے ہو کر جانا۔ چٹ

گاؤں سے اسی میل دور ہے لیکن یہاں سے چیٹ گاؤں تک تین لاکھ عورتیں ہیں جو میری طرح پیشہ کر رہی ہیں اور ان کی کمائی بھدرلوک کھا رہے ہیں۔ تم بھدرلوک نہیں ہو۔ اس لئے میری بات سمجھ جاؤ گے۔ وہ کہتے ہے چہرو مانجھی بد ماش ہے، چہرو مانجھی آوارہ ہے، چہرو مانجھی بیسوا ہے، لیکن بھدرلوک مجھ سے زیادہ آوارا ہیں، وہ سب بیسوا ہیں، دلال ہیں۔ اُن کی عزت، اُن کا مذہب، اُن کا دیوتا سب کچھ روپیہ ہے۔ اس کیلئے وہ اپنی ماؤں کو بیچ ڈالیں، اپنی بیٹیوں کو بیچ ڈالیں۔ اُن کی عزت اور شرافت صرف ان کے کپڑوں میں ہے۔ کیا بمبئی میں بھی بھدرلوک ہوتے ہیں؟''

''بھدرلوک ہر جگہ ہوتے ہیں۔'' میں نے جواب دیا

''پھر کچھ نہیں ہوسکتا۔ کچھ نہیں ہوسکتا۔ مجھے ان سے بڑی نفرت ہے۔'' وہ بڑبڑائی۔

سورج کی کرنیں بہت تیز ہوگئی تھیں۔ چہرو مانجھی کے گندمی رنگ چہرے پر پسینے کے موتی چمک رہے تھے۔ سمندر کی موجیں اُس کے قدم چوم رہی تھیں اور ہوا کی غیر مرئی انگلیاں اُس کے بالوں میں کنگھی کر رہی تھیں۔ اُس نے آنکھیں بند کرلیں اور جیسے کوئی غنودگی کے عالم میں باتیں کر رہا ہوں، زیرِ لب آہستہ آہستہ کہا:

''جب یہاں سے جانا تو گنیش سے کہہ دینا کہ میں اُس کا انتظار کر رہی ہوں۔ میں اس زندگی سے تنگ آگئی ہوں۔''

☆☆

انتظار حسین

سفرِ منزلِ شب

اچھا؟... تو؟... تو وہ تو تھا؟

ہاشم حیدر، عبید، حمید چاروں کی نظریں حبیب پر پر جم گئیں۔ ان پر یہ انکشاف بجلی بن کر گرا تھا وہ تو سکتہ میں آ گئے۔ کتنی دیر تک پتھر بنے بیٹھے رہے۔

مگر.... حیدر نے زبان کھولی۔ کچھ کہنے لگا تھا۔ کیا کہنے لگا تھا۔ کہتے کہتے جیسے الجھ گیا ہو۔ چپ ہو گیا۔

پھر حمید نے جھرجھری لی۔ ''مجھے یقین نہیں آ رہا''۔ اور اس نے حبیب کی طرف یوں دیکھا جیسے وہ چاہتا ہے کہ وہ اپنی صفائی میں کچھ بولے۔ شاید کھلے کہ وہ کوئی اور تھا۔ وہ نہیں تھا مگر حبیب نے تو جیسے ہونٹ سی لیے تھے۔

حمید نے پھر اس کی طرف غور سے دیکھا۔ لہجہ میں تھوڑا سا تحمل پیدا کرتے ہوئے بولا ''تو اس سے انکار نہیں کرے گا۔؟'' پھر سب کی متجسس نظریں اس پر جم گئیں۔ شاید اب وہ کچھ بولے گا۔ اپنی صفائی میں کچھ کہے گا۔ مگر ہونٹ سل گئے تھے۔ سلے رہے۔

''تو ہم یہ سمجھیں کہ، آخر عبید نے قطعی لہجہ میں زبان کھولی۔ 'وہ تو ہی تھا۔''

ذرا جو اس نے جنبش کی ہو۔

رفتہ رفتہ حیرت اور بے یقینی کے لمحے گزر گئے۔ رفتہ رفتہ انھیں یقین آ گیا کہ وہ شخص وہی ہے اور ان کی آنکھوں میں خون اترنے لگا۔

چاروں نے اسے خونخوار نظروں سے دیکھا جیسے وہ ان میں سے نہیں ہے وہ جو انھیں میں سے تھا۔ اچانک ان میں سے نہیں رہا تھا۔ کتنی سرعت سے وہ ان کے لیے بیگانہ ہوا۔ کتنی عجلت

سے ساتھ وہ ان سے جدا ہوائے۔

پہلے ہی وہ گھٹ چھٹ کر پانچ رہ گئے تھے۔اب چار رہ گئے۔حبیب ان سے کٹ چکا تھا۔ حبیب سے وہ کٹ چکے تھے۔اب وہ ان کے لیے ایک اجنبی تھا۔پہلے بھی تو یہی ہوتا رہا تھا۔ساتھی ان سے کٹتے تھے۔اور اجنبی بنتے گئے بس اچانک کوئی ایک کٹتا اور اچانک اجنبی بن جاتا تھا۔مگر جب پانچ رہ گئے تو یوں نظر آ رہا تھا کہ یہ یک جان پانچ قالب ہیں۔کتنے کتنے مشکل مرحلوں میں وہ قدم سے قدم ملا کر چلے تھے۔کتنی دیر، کتنی دور ساتھ چل کر ایک پھر ٹوٹ گیا اور وہ جو سب پختہ دکھائی دیتا تھا۔

''عجیب بات ہے'' حمید بولا'' ہم یہ سمجھتے رہے کہ سب کچھ باہر سے ہو رہا ہے۔یہ پتہ نہیں تھا کہ ہمیں میں سے ایک.....''

''ہاں ہم میں سے ایک'' عبید نے افسوس بھرے لہجے سے کہا۔'' اور وہ جس پر ہمیں سب سے زیادہ اعتبار تھا۔''

''مگر.....'' حیدر پھر کچھ کہنے لگا تھا۔کتنی دیر بعد اس نے زبان کھولی تھی۔مگر کہتے کہتے پھر رک گیا۔شاید پھر الجھ گیا تھا۔ایسا لگتا تھا کہ اس واقعہ کا سب سے زیادہ اثر اس نے قبول کیا ہے۔

''ہاں واقعی''۔ حمید بولا۔''سب سے زیادہ تو ہم نے اسی پر اعتبار کیا تھا۔''

عبید نے اسے غور سے دیکھا۔''یہ تم اب کہہ رہے ہو۔''

''میں نے کئی موقع پر اشارہ کیا تھا۔مگر کسی نے میری بات پر دھیان ہی نہیں دیا۔''

''ہم تو اس کے بارے میں ایسا سوچ بھی نہیں سکتے تھے۔ہم میں سب سے زیادہ جوشیلا تو وہی تھا۔کتنا بے جگرا تھا۔سردھڑ کی بازی لگانے پر تیار رہتا تھا۔حمید نے یہ بات اس طرح کہی کہ ان کے تصور میں اگلے پچھلے مختلف واقعات گھوم گئے کہ کب کب اس نے جان جوکھوں میں ڈالی تھی۔کب کب ایسے کام اپنے ذمے لیے تھے جن میں ذرا سی چوک اسے موت کے گھاٹ اتار سکتی تھی۔

مگر ہاشم اس بیان سے ذرا متاثر نہ ہوا۔ بولا ایسے لوگ ایسے ہی جانباز نظر آیا کرتے ہیں۔ رک کر بولا۔ وہ جو اتنا جانباز بنتا تھا اسی سے تو مجھے اور شک ہوا تھا۔"

عبید کسی گہری سوچ میں ڈوب گیا۔ پھر بولا۔ انہوں نے ہم پر کتنا اعتبار کیا تھا۔ کتنا بھروسہ تھا انھیں ہم پر۔ اب جب یہ خبر ان تک پہنچے گی تو کیا سوچیں گے.........سمجھیں گے کہ ہم بھی ایسے ہی ہو گئے۔"

"میں تو کہتا ہو کہ یہ اچھا ہی ہوا"۔ ہاشم نے اعتماد بھرے لہجے میں کہا۔

"وہ کیسے؟"

"ایسے کہ ہم جو ایک مشتبہ شخص تھا وہ دفعہ ہو گیا ہے۔ اب ہم ایک دوسرے پر پورا اعتبار کر سکتے ہیں۔"

"اچھا، اس کے بعد بھی؟" حیدر کے منہ سے بس بے ساختہ یہ جملہ نکل گیا۔ وہ کب سے کچھ کہنے کی کوشش کر رہا تھا۔ مگر زبان کھولتے کھولتے رک جاتا کہ بات آتے آتے اس کے لبوں پر الجھ جاتی۔ اب بلا ارادہ اس کے منہ سے ایک جملہ نکل گیا۔ "تو کیا کہنا چاہتا ہے؟"

"میں کہتا ہوں اب اس کی زبان کھلنے لگی تھی۔ اس میں اور ہم میں کیا فرق تھا۔ آخر ہم اکٹھے ایک ہی طرح سوچ رہے تھے۔ ایک نہج پر کام کر رہے تھے۔ اگر اس نے کوئی گڑبڑ کی ہے تو ہم اپنے آپ کو اس سے بری الذمہ کیسے قرار دے سکتے ہیں"

عبید اور حمید اس دلیل سے قائل نظر آ رہے تھے۔ مگر ہاشم نے تاؤ کھایا۔ "تو ہم پر شک کر رہا ہے۔"

"کم از کم میں اپنے آپ کو شک سے بالاتر قرار نہیں دے سکتا۔"

"بالکل ٹھیک ہے" ہاشم غصے سے بولا۔ "تو تو اس کی ناک کا بال بنا ہوا تھا۔ جو کچھ اس نے کیا تو اس سے بے خبر نہیں تو نہیں ہو سکتا"۔

عبید اور حمید نے چونک کر غور سے حیدر کو دیکھا۔

''چپ کیوں ہوگیا؟'' ہاشم نے طنز بھرے لہجے میں کہا۔

حیدر نے عبید، حمید، ہاشم تینوں کو دیکھا جو اسے شک بھری نظروں سے تک رہے تھے پھر دھیرے سے بولا۔''ہوسکتا ہے......شاید میں بھی۔''

''تو؟...تو بھی؟........'' عبید اور حمید دونوں کے منہ سے ایک ہی وقت میں ایک ہی جملہ بیساختہ نکلا۔

''ہاں شاید میں بھی.........اگر اس نے گڑبڑ کی ہو میں کیسے یہ دعویٰ کرسکتا ہوں کہ میں اس میں ملوث نہیں تھا۔'' یہ کہتے کہتے اٹھ کھڑا ہوا۔ تینوں نے اسے غور سے دیکھا جب وہ چلنے لگا تو عبید اور حمید پریشان نظر آئے۔

''تو جارہا ہے؟''

''ہاں میرا خیال ہے کہ میرا چلا جانا ہی بہتر ہوگا کہ اس کے نکل جانے کے بعد میری حیثیت بھی مشتبہ ہوگئی۔''

وہ چلا گیا۔

ایک دفعہ پھر وہ گم سم ہوگئے۔ مگر ہاشم نے جلدی ہی خاموشی کی مہر توڑ دی۔''تم اپنی وضعداری میں چپ رہتے میں نے اسے EXPOSE کردیا۔''

عبید اور حمید دونوں تذبذب میں تھے۔ عبید چپ رہا۔ حمید سے رہا نہ گیا''یقین نہیں آتا کہ وہ بھی.......''

''اب بھی یقین نہیں آیا'' ہاشم تڑخ کر بولا۔''اس نے تو خود اعتراف کرلیا۔ اصل میں میں بہت دیر سے اسے دیکھ رہا تھا۔ بہت اکھڑا اکھڑا تھا اور تم نے یہ غور نہیں کیا کہ اس سارے عرصے میں وہ بولا ہی نہیں تھا۔ ہر بات پیتا چلا جارہا تھا۔ میں نے اسے تاڑ لیا تھا کیسا Corner کیا۔ آخر کو پھٹ پڑا۔''

''اور ہم سے ٹوٹ گیا۔'' عبید نے افسوس بھرے لہجہ میں آہستہ سے کہا۔

"اچھا ہی ہوا۔ ٹکا رہتا تو ہمارے حق میں یہ اچھا نہیں ہوتا۔ میں نے اسے اس طرح گھیرا کہ اسے اعتراف کرنا پڑ گیا۔ اس کے بعد وہ ٹک کیسے سکتا تھا۔ اچھا ہوا اب ہم محفوظ ہیں۔"

ہاشم رواں تھا۔ عبید اور حمید اس کا منہ تک رہے تھے جیسے اس کی مت ماری گئی ہو ایک کے بعد دوسرا اتنی جلدی وہ کچھ بوکھلا سے گئے تھے۔ ہاشم فاتحانہ شان سے بولے چلا جارہا تھا ثابت کر رہا تھا کہ وہ دونوں ملے ہوئے تھے۔ حیدر مصلحت کے تحت ٹکا رہنا چاہتا تھا۔ مگر میں نے اسے expose کر دیا۔ اسے اعتراف کرنا پڑ گیا۔ پھر وہ کیسے ٹک سکتا تھا۔ چلا گیا۔ اچھا ہوا۔ اس کا ساتھ رہنا خطرے سے خالی نہیں تھا۔ میں کہتا ہوں کہ اس کا چلا جانا بہت ہی اچھا ہوا۔"

عبید اور حمید سنتے جا رہے تھے۔ قائل ہونے لگتے کہ بے یقینی کی ایک لہر آتی اور وہ اکھڑ جاتے ہاشم پھر اسی جوش و خروش سے اپنے استدلال کی تعمیر کھڑی کرتا۔ پھر وہ قائل ہونے لگتے۔ مگر قائل ہوتے ہوتے پھر اکھڑ جاتے۔ وہ بس یقین اور بے یقینی کے بیچ ڈول رہے تھے۔ اسی میں رات ہو گئی۔

"اب سونا چاہیئے"

"ہاں مٹی ڈالو اس پر۔ سوتے ہیں"

اس رات وہ جلدی لیٹے کہ اس واقعہ پر سوچ سوچ کر تھک گئے تھے۔ جلدی لیٹے دیر میں سوئے کہ جانے کتنی رات تک ان کے ذہن اسی ادھیڑ بن میں رہے۔

دیر سے سوئے، جلدی جاگے۔ جاگنے کے ساتھ ایک نئی حیرانی۔ جب وہ سوئے تھے تو تین تھے اور جب صبح جاگے تو دو رہ گئے تھے۔

"وہ کہاں گیا؟" حمید نے خالی چارپائی کی طرف دیکھتے ہوئے کہا۔

"کون؟"

"ہاشم؟"

"ہاشم"؟ عبید آدھا جاگ رہا تھا، آدھا سو رہا تھا اُٹھ کر بیٹھ گیا۔ اس چارپائی کو دیکھا جس پر ہاشم

سو یا تھا۔تھوڑا چکرایا مگر وہ اتنی جلدی مایوس نہیں ہونا چاہتا تھا۔سادگی سے بولا۔"یہیں کہیں ہوگا۔"

حمید نے چاروں طرف گھوم کر پھر دیکھا۔واپس آیا۔بولا"یہاں کہیں نہیں ہے۔"

عبید نے تامل کیا۔پھر کہا۔"شاید سیر کو نکل گیا ہو۔"

'ہوسکتا ہے،مگر جب کبھی وہ صبح سیر کے لیے اٹھتا تھا تو ہمیں بھی ضرور جھنجھوڑتا تھا۔"

"ممکن ہے یہ سوچ کر کہ پریشانی میں دیر سے سوئے ہیں جگانا مناسب نہ جانا ہو۔کوئی بات نہیں آجائے گا۔"

اس استدلال سے بظاہر وہ دونوں ہی مطمئن ہو گئے تھے۔مگر اندر سے دونوں ہی بے چین تھے کتنی بے کلی کے ساتھ انہوں نے اس کا انتظار کیا ۔وقت گزرتا گیا۔بے کلی بڑھتی گئی اور وقت کتنی تیزی سے گزر رہا تھا صبح کا دھندلکا کبھی کا چھنٹ چکا تھا۔دن چڑھ رہا تھا اور گرم ہوتا جارہا تھا۔عبید اور حمید پر وقت جتنا گزرتا جاتا تھا بھاری ہوتا جاتا تھا۔آخر کو حمید سے نہ رہا گیا۔"اب تو بہت دیر ہوگئی۔"

"ہاں!آنا ہوتا تو اب تک آجاتا۔"

حمید'عبید کا منہ تکنے لگا۔خیال اس کا بھی یہی تھا۔مگر عبید سے وہ اتنے قطعی لہجے میں جواب ۰ توقع نہیں رکھتا تھا۔

"تو کیا......؟

"ہاں!شاید اب وہ نہیں آئے گا۔"

'تو کیا وہ بھی......؟"

"ہاں وہ بھی۔"

پھر دونوں ہی چپ ہو گئے۔چپ بیٹھے رہے۔تذبذب اب تمام ہو چکا تھا اور عبید کو تو بالکل صبر آ گیا تھا ۔خیر اس کے ٹوٹ جانے پر مجھے کوئی تعجب نہیں ہے۔"

"کیوں؟"

"وہ بول رہا تھا۔" رکا پھر بولا۔"ایسے وقت میں جو شخص بہت بولتا نظر آئے اسے شک کی نظر سے

دیکھنا چاہیے۔''

اور جو چپ چاپ نظر آئے:

عبید نے تامل کیا۔ پھر آہستہ سے بولا۔''اسے بھی''

''عجیب بات ہے''۔ حمید بڑبڑایا۔

''ہاں عجیب بات ہے۔ مگر شاید اتنی عجیب بات بھی نہیں ہے۔ ایسے میں تو ہر بات ہی سے شک پیدا ہوتا ہے۔'' اور یہ کہتے کہتے کسی کسی گھڑی عبید کے دھیان میں آتا کہ جب ایک دم سے وہ سب ایک دوسرے کے لیے مشکوک ہو گئے تھے۔ کوئی چپ ہو جانے پر مشکوک ٹھہرا، کوئی بول پڑنے پر کسی پر شک کہ خبر سن کر اتنا بو کھلا کیوں گیا۔ کسی پر شک کہ خبر سن کر اسے سانپ کیوں سونگھ گیا کسی کے باخبر ہونے سے شک پیدا ہوا کہ اسے کیسے پتہ چل جاتا ہے۔ کسی کی بے خبر رہنے نے شک میں ڈالا کہ کہیں وہ جان کر تو بے خبر نہیں بن رہا شک و شبہات کی دھند کتنی پھیلتی کہ دوست دوست کو نہ پہچان پاتا۔ دماغ کے کسی گوشے میں چپکے سے ایک سوال سر اُٹھاتا۔ بات زبان پر آتی اور سرگوشی بن کر کانوں کان پھیلتی چلی جاتی۔

بیٹھے بیٹھے ایک لہر آئی اور عبید اٹھ کر کھڑا ہوا۔ حمید نے سوال بھری نظروں سے اسے دیکھا کون؟... کہاں؟

''یہاں سے نکل چلنا چاہیے ورنہ ممکن ہے کہ ہم کسی مشکل میں پھنس جائیں۔''

حمید چونک پڑا۔ اس پہلو پر تو اس کا دھیان ہی نہیں گیا تھا۔ بس فوراً اٹھ کر کھڑا ہوا۔

دن بھر چلتے رہے یہ سوچے بغیر کہ کہاں جانا ہے۔ کوئی منزل نظر میں نہیں تھی۔ پھر بھی ایک عجلت میں چلے جا رہے تھے۔ جیسے واقعی کہیں پہنچنا ہے چلے جا رہے تھے یہ دھیان دیے بغیر کہ کتنا چلے ہیں۔ کتنا اور چلنا ہے کتنے سنسان، کتنے آباد رستے قدموں نے ناپے۔ قدموں میں بجلی بھری تھی کہ اسی ایک سی تیزی سے اٹھ رہے تھے اور رستے گرد ہوتے چلے جا رہے تھے۔

''بس اب یہاں ٹھر جائیں۔'' اچانک عبید نے اپنا فیصلہ سنایا۔

''لیکن......''

عبید نے حمید کی بات کاٹی۔ ''رات تو یہیں گزارتے ہیں۔ صبح کیا کرنا ہے۔ کدھر جانا ہے۔ یہ سوچیں گے۔''

تو وہ وہاں پسر گئے اور اب انہیں احساس ہوا کہ وہ کتنا تھک گئے ہیں۔ ٹانگیں کتنی اکڑ گئی ہے جیسے یہاں سے اب وہ ایک قدم آگے نہیں اٹھا سکتے۔ حمید نے کمر پیچھے لگائی، ٹانگوں کو سیدھا کیا، پھیلایا ۔ بولا۔ ''آج بہت چلے ہے تھک کر چور ہو گئے ہیں۔''

''اس سے پہلے تو ہم آرام کرتے تھے۔'' عبید نے زہر خند کے ساتھ کہا۔

اس فقرے نے عجب اثر کیا۔ دونوں ہی ملول ہو گئے بیتے دنوں کی کلفتیں اور صعوبتیں نظروں میں پھر گئیں۔ کتنے دنوں سے وہ یہ دن کھینچ رہے تھے۔

''مگر اس سے پہلے ہم اکٹھے چلا کرتے تھے۔'' حمید نے عجب طرح سے کہا کہ بچھڑنے والے دونوں ہی کو ایک دم سے یاد آ گئے۔ وہ بھی جو پہلے بچھڑے تھے، وہ بھی جو اب آ کر بچھڑے، کب کس کا ملنا اور بچھڑنا یاد آیا۔ کون کون کس کس موڑ پر بچھڑا۔ کوئی چلتے چلتے بچھڑ گیا اور رہ گیا کسی نے کسی موڑ پر پہنچ کر اپنا اصلی چہرہ دکھایا اور خندق کے اس پار نظر آیا۔ کوئی بیچ مجدھار میں چھوڑ گیا کو کی پانی میں اترنے سے پہلے ہی دوسری طرف بہہ گیا۔ یار حیران کہ کہاں گیا، کدھر نکل گیا، وسوسے، تجسس، چہ میگوئیاں، سرگوشیاں، پھر خبر ملنا کہ وہ عزیز خندق کے اس پار پہنچ گیا۔ اچھا؟ واقعی؟ اول حیران ہونا۔ پھر ایک دوسرے کو قائل کرنا کہ وہ تو تھا ہی اس قماش کا۔ بس اسی طرح کتنے ہمسفر بچھڑ چکے تھے۔ آگے کتنے قریب تھے۔۔ اب کتنے دور ہو چکے تھے۔

حمید نے ٹھنڈا سانس بھرا۔ اب تو ہم دو ہی رہ گئے ہیں۔''

یہاں یار عبید انسردگی سے بولا۔ پھر کہنے لگا۔ ''ایسے حالات میں دو کا بچارہ جانا بھی بہت غنیمت نظر آتا ہے۔''

''مگر کب تک۔''

عبید، حمید کو تکنے لگا۔ پھر آہستہ سے بولا۔ ''ٹھیک کہتے ہو آخر کب تک۔''

پھر آپس میں وہ کوئی بات نہ کر سکے۔ بس جیسے ذہن میں ایک پھانس پڑ گئی ہو۔ کب

تک، آخر کب تک، دیر تک دونوں نہ سو سکے، نہ بات کر سکے پھانس بری طرح پھنسی ہوئی تھی۔ ہاں آخر کب تک؟ دیر تک جاگا کیے اور کروٹیں بدلا کیے۔ مگر نیند تو سولی پر بھی آجاتی ہے۔ مگر وہ نیند کہاں تھی، عبید کو تو بس ایک جھپکی سی آتی تھی۔ پھر آنکھ کھل گئی۔ یوں ہی اس نے حمید پر نظر ڈالی جو اس کی طرف کروٹ لیے پڑا تھا اور یوں ہی اسے خیال آیا کہ اسے نیند تو آ نہیں رہی مگر کس اطمینان سے سو رہا ہے۔ اتنے میں حمید نے کروٹ بدلی۔ اس نے پھر حمید پر نظر ڈالی شاید وہ جاگ رہا ہے یا شاید سو رہا ہو اور سوتے سوتے کروٹ بدلی ہو۔ اسنے ایک مرتبہ حمید پر نظر ڈالی۔ غور سے اسے دیکھا یہ جاننے کے لیے وہ واقعی سو گیا ہے یا جاگ رہا ہے۔ اگر وہ جاگ رہا ہے تو یہ کیوں ظاہر کر رہا ہے کہ وہ سو رہا ہے کیوں؟ اور ایک شک کے ساتھ اس نے پھر حمید کا جائزہ لیا شاید سو ہی رہا ہو۔ میرا یہ محض وہم ہے کہ وہ جاگ رہا ہے۔ لیکن اگر وہ جاگ رہا ہے اور ظاہر کر رہا کہ وہ سو رہا ہے تو۔ یہ تو شک میں ڈالنے والی بات ہے اور اس کے اندر شک تقویت پکڑتا چلا گیا۔ دماغ میں ایک اندیشہ جاگا۔ کہیں یہ نہ ہو کہ جب صبح میں اٹھوں تو اپنے آپ کو اکیلا پاؤں اس خیال نے اسے خوف زدہ کر دیا۔ اکیلا رہ جانے کا خیال بھی کتنا خوف بھرا ہوتا ہے۔ اچانک اسے کتنا ڈر لگنے لگا تھا۔ اگر میں اکیلا رہ گیا تو......نہیں اس نے فوراً ہی اپنے اس خیال کی تردید کی۔ حمید ہاشم نہیں بن سکتا۔ ہاشم کے شروع ہی سے تیور اور قسم کے تھے آدمی وہ اور طرح کا تھا۔ حمید ویسا آدمی نہیں ہے۔ اس نے اپنے آپ پر نفرین کی کہ لے دے کے ایک رفیق رہ گیا ہے اس پر بھی وہ شک کرتا ہے۔ میں بہت کمینہ آدمی ہوں۔ مگر پھر اس نے اپنی کمینگی کے لیے ایک عذر بھی تراش لیا۔ رفیقوں کی دغا نے مجھے شکی مزاج بنا دیا ہے۔

عبید پر پھر غنودگی طاری ہونے لگی تھی کہ حمید نے پھر کروٹ بدل کر پھر اس کی طرف پیٹھ کر لی تھی۔ گمان تو اسے پہلے ہی ہوا تھا اب یقین آچلا تھا کہ حمید سویا نہیں ہے، ظاہر کر رہا ہے کہ سو گیا ہے اس کے ساتھ اسے حمید کا فقرہ یاد آیا۔ ''مگر کب تک؟'' تو اس کا مطلب یہ ہے کہ حمید بھی اب ڈانو اڈول ہے۔ اچھا حمید بھی اس خیال کے ساتھ وہ کتنا افسردہ ہو گیا ہے۔ اس نے بہت کوشش کی کہ

اپنی اس بدگمانی پر قابو پالے کہ حمید اور طرح کا آدمی ہے۔ ہاشم نہیں ہے۔ سچا اور کھرا آدمی ہے یہ تو گویا اپنے وسوسوں کے ساتھ لڑ رہا تھا۔ اپنے وسوسوں کے ساتھ وہ بہت لڑا۔ بہت کشتم کشت ہوئی مگر بے خوابی سے اس کے وسوسے طاقت پکڑتے چلے گئے اور وہ کمزور پڑتا چلا گیا۔

وہ اپنے وسوسوں کے نرغے میں تھا اور سوچ رہا تھا کہ مجھے اب کیا کرنا چاہئے۔ مجھے آج کی رات سونا نہیں چاہئے۔ سویا مویا برابر۔ بے خبری میں تو نہیں مارا جانا چاہئے۔ ہاشم نے آخر ہماری نیند ہی سے فائدا اٹھایا تھا۔ نہیں مجھے جاگتے رہنا چاہیے۔

رات بھر جاگتے رہنے کے ساتھ وہ دور دور کی باتیں دھیان میں لایا کوئی نیا سا خیال کوئی عجب سی تجویز، جو بھی اس کے ذہن میں آتا اسے وہ دیر تک پکاتا تھا۔ اس میں تفصیلات کا رنگ بھرتا چلا جاتا۔

اسی عالم میں ایک خیال اسے اور آیا۔ حمید کو کیوں موقع دیا جائے کہ میرے ساتھ وہ کرے جو ہمارے ساتھ ہاشم نے کیا تھا۔ کیوں نہیں خود ہی..... ہاں بالکل جب سب ہی نے یہ کیا ہے تو میں بھی......اور حبیب تو ہم سب میں سب سے بڑھ کر صاحب کردار سمجھا جاتا تھا۔ اگر حبیب یہ کر سکتا ہے تو میں کیوں نہیں کرسکتا۔ اس خیال کی رو میں وہ بہنے لگا تھا کہ اچانک اس نے اپنے آپ کو تھاما۔ نہیں یار کسی کو تو قائم بھی رہنا چاہیے۔ جیسے اچانک اس کے ایک کے دو ہو گئے۔ ایک دوسرے سے شرمندہ سا تھا۔ غور کرنے لگا کہ بس یونہی مجھے خیال سا آیا تھا اور پھر اسے اندیشہ ہوا کہ کہیں کوئی ایسا خیال مجھے مغلوب نہ کرلے۔

حمید نے ایک مرتبہ پھر کروٹ لی اور پھر اس کے کان کھڑے ہوئے وہ سوتا سا بن گیا دیکھوں تو سہی وہ کرتا کیا ہے۔ دیر تک ایسے پڑا رہا جیسے بے سدھ سو رہا ہے۔ مگر جب حمید نے کوئی کروٹ نہ لی تو اس کی طرف سے بے تعلق ہو کر سوچنے لگا کہ تھوڑا سو لینا چاہیے پتہ نہیں کل دن کس طرح گزرے اور رات کہاں آئے کم از کم تھوڑی سی نیند تو لے ہی لینی چاہئے اور اس نے اپنے آپ سے پوچھا کہ آخر وہ جاگ کیوں رہا ہے حمید کی نگرانی کرنے کیلیے؟ اور اپنی نگرانی؟ اُسے خیال آیا

کہ ابھی وہ بھی توڈانواں ڈول ہو گیا تھا۔ ایسے عالم میں آدمی کو دوسروں سے زیادہ اپنی نگرانی کرنی چاہیے۔

حمید واقعی جاگ رہا تھا بیچ بیچ میں اس کی آنکھ ضرور لگی۔ مگر صرف آنکھ، دماغ نہیں سو رہا تھا دماغ نہ سوئے تو آنکھ کتنی دیر تک لگی رہ سکتی ہے آنکھ لگی اور کھل گئی۔ بس پھر بار بار کوشش کرتا تھا۔ کہ دماغ سے سارے خیال نکل جائے اور وہ سو جائے کتنی مرتبہ اس کو گمان ہوا کہ اس نے اچھے برے خیالوں کو نکال باہر کیا ہے اب نیند آجائے گی۔ دیر تک ایسے پڑا رہا تھا جیسے بس نیند آنے لگی ہے، آرہی ہے، آگئی ہے۔ مگر پھر پتہ چلتا کہ جنھیں نکال باہر کیا تھا وہ سب پھر اندر گھس آئے ہیں اور دھما چوکڑی مچا رہے ہیں۔ پھر کروٹ لیتا۔ جیسے کروٹ لینے سے دماغ سے اچھے برے خیال رخصت ہو جائیں گے اور نیند کیلیے رستہ صاف ہو جائیگا۔

کروٹیں لیتے لیتے اسے یہ احساس ہوا کہ عبید بھی سویا نہیں ہے۔ اچھا میں سمجھ رہا تھا کہ سو گیا ہے۔ جاگ رہا ہے تو ظاہر کیوں نہیں کرتا کہ وہ جاگ رہا ہے۔ مگر اس نے اپنے اس خیال کو زیادہ طول نہیں دیا۔ وہ اس وقت اپنے کسی بھی خیال کو طول دینا نہیں چاہتا تھا کہ اسے اس وقت سونے کی فکر تھی۔ مگر خیال خود بخود طول پکڑتے چلے جا رہے تھے اور پھر اسے گمان گزرا کہ عبید نہ صرف جاگ رہا ہے بلکہ اس نے کئی بار اس کی طرف غور سے دیکھا ہے۔ پہلے گمان ہوا پھر کروٹ لیتے ہوئے اس نے عبید کی طرف اڑتی سی نظر ڈالی اور پایا کہ واقعی وہ تو اس کی نگرانی کر رہا ہے۔ کیا میں بھی مشکوک ہو چکا ہوں۔ اس نے خیال کو رفع دفع کرنا چاہا۔ مگر اپنی ہر کروٹ کے ساتھ اس نے محسوس کیا کہ عبید چوکنا ہو گیا ہے۔

حمید نے ایک بار پھر کروٹ لی اور ایک بار پھر اس نے محسوس کیا کہ عبید اس کی کروٹ پر چوکنا ہو گیا ہے وہ اٹھ کر بیٹھ گیا۔ "عبید"۔

عبید یہ ظاہر تو نہیں کرنا چاہتا تھا کہ وہ جاگ رہا ہے مگر پھر بول ہی پڑا "ہوں" اور پھر اٹھ کر بیٹھ گیا۔ یار نیند نہیں آرہی ہے پھر تھم کر بولا۔ "تو سو لیے ہو"

''نہیں'' حمید نے روکھا سا جواب دیا۔

''یار رات بہت لمبی ہوگئی'' عبید نے جماہی لی۔

حمید نے اس کی بات کو نظر انداز کیا اور سنجیدگی سے مخاطب ہوا۔ ''عبید''

''ہاں کیا بات ہے'' عبید نے غور سے حمید کو دیکھا۔

''تمھیں میرے بارے میں کوئی شک ہے؟''

عبید جیسے چوری کرتے پکڑا گیا ہو۔ سٹپٹیا۔ پھر سنبھلا۔ آہستہ آہستہ سے بولا۔ ''ہاں'' تمہارے بارے میں بھی اور اپنے بارے میں بھی۔

حمید اس کی صورت تکنے لگا۔ چپ رہا۔ پھر دبے لفظوں میں بولا۔ ''شاید میرا بھی یہی قصہ ہے۔''

☆☆

انور عظیم

دھرتی کا بوجھ

چارپائی کی پائینتی کی رسی ڈھیلی ہوگئی تھی۔ کیوال مٹی کی کچی کوٹھری میں، عمر دراز، اس ڈھیلی ڈھالی چارپائی میں، ایک لاش کی طرح دھنس گیا تھا۔ اس کی جھریاں، لگتا تھا کہ سڑی ہوئی، پیاز کے چھلکوں کی طرح تہہ بہ تہہ اُتر آئیں گی۔ آنکھیں زرد اور بے جان تھیں۔ منہ سوج گیا تھا۔ ہونٹ پھٹ گئے تھے۔ اس کے کلوں اور سر پر چھوٹے چھوٹے بال اُگ آئے تھے۔ جیسے چیونٹیوں نے انڈوں کا جال سا بُن دیا ہو۔ کوٹھری میں کوئی روشن دان نہیں تھا۔ تھوڑی بہت روشنی دروازے سے آجاتی تھی جو آنگن میں کھلتا تھا۔ دروازہ عمر دراز کے منہ کی طرف کھلا ہوا تھا۔ چارپائی چھوٹی تھی اور اس کی ٹانگیں پائینتی کے باہر بندوق کے کندوں کی طرح نکلی ہوئی تھیں۔ فیل پا کی وجہ سے ان دونوں موٹے کندوں کی کھردری اور سیاہ جلد پھٹ گئی تھی اور مکھیاں رطوبت چوس رہی تھیں، مکھیاں کبھی اڑ کر اس کے چہرے پر جم جائیں اور وہاں بھی بدمزہ ہو جاتیں اس کالی کوٹھری میں مکھیاں ہی اس کی واحد ہمدم تھیں۔ وہی گنگنا کر اسے جگاتی تھیں وہی لوریاں دے کر اسے سلاتی تھیں۔ وہ دیر سے اپنی زرد کنیل کے پھول جیسی آنکھیں پلک جھپکائے بغیر، گھن لگی کھجور کی کڑی پر جمائے ہوئے تھا اور سورج کی ایک چمکتی ہوئی کرن اس کی پیشانی پر برمے کی طرح تھرک تھرک کر سوراخ کیے دے رہی تھی۔ اس کی گردن کے پسینے سے لاکھوں چیونٹیاں اپنی پیاس بُجھ رہی تھیں اس نے اپنا تھرتھراتا ہوا ہاتھ اٹھایا اور پیشانی پر جما دیا۔ لیکن برما تھا کہ اسی طرح تھر کے چلا جا رہا تھا۔ اس کی الٹی ہتھیلی کو چیرتا ہوا وہ اس کے دماغ کی تہہ تک پہنچ گیا تھا۔

غضب کی چلچلاتی ہوئی دوپہر تھی اور اس پر اُس کی بہو کا پارہ تھا کہ چڑھتا ہی چلا جا رہا تھا____

اور وہ تھا کہ چپ چاپ گھن لگی کڑیوں کو جن سے تھوڑی دیر پر آٹا گرتا رہتا تھا، گھورے جا رہا تھا۔

"ہونہہ ___ یہاں تو ہُن برستا ہے۔ اللہ کی مار، اپنا کیا ہے۔" نواب صاحب نے چھتری اٹھائی اور چل دیئے منہ نہار لنگی پھٹکارتے ہوئے ___ اور بھری کڑیل لاش چھوڑ دی سڑنے کو اور سڑاندمری ناک میں بسانے کو" وہ شلوکے کے بٹن کھول کر اپنے جڑواں بچوں کو دودھ پلاتے ہوئے اپنا منتر پڑھے جا رہی تھی ___ بار بار وہی ایک منتر" ہائے میں مرگئی ہوتی۔ دونوں پاؤں قبر کو لگ رہے ہیں۔ مسور کی دال کی کھچڑی پکا دو۔ آلو کا بھرتا۔ املی اور پودینے کی چٹنی ___ اور بگھے پر سے ایک چھٹانک گھی بھی منگوا لو۔ قسم خدا کی مرجاؤں گا اور دل کی دل میں رہ جائے گی ___ ہاں جی کیوں نہیں۔ بڑے آئے دل کی دل میں رکھنے والے۔ غضب خدا کا ___ "" مجھ کرم جلی پر ہی زمانے کی بجلی ٹوٹنی تھی۔ یک نہ شد دو شد ___ ارے او چنو کے بچے ___ چٹورا کہیں کا۔ دہی کیوں اڑائے جا رہے ہے، ہائے اللہ ___ منی ذرا وہ پوتڑا پچکار کر۔ وہاں الگنی پر پھیلا دینا ___ ہنہ میں بھی آج بھوکا نہ ماروں تو میرے نام کا کتا پال لینا دوزخ میں۔ نہیں میرے لال سو جا سو جا۔ ارے دیکھ وہ آ رہی ہیں کالی چیزیں ___ پانی پیو گے میرے لال۔ سو جا اوں اوں۔"

وہ صبح سے اِن ہی باتوں کی رَٹ سن رہا تھا۔ اس کی بہو، باسط کی دلہن، برابر بڑبڑائے جا رہی تھی۔ "دلہن تم عورت ہو یا مشین گن۔" لیکن مشین گن پھر مشین گن ٹھیری۔ وہ ایک رحم دل بڑھیا پڑوسن کی سٹھیائی ہوئی بات پر کیوں کان دھرتی۔

دن ڈھلنے کو تھا۔ عمر دراز کی کوٹھری میں کاجل سا بھرنے لگا۔ اس کی آنکھوں سے کڑیاں اوجھل ہوگئیں۔ وہ دروازے سے باہر کی دنیا کو جھانک کر دیکھنا چاہتا تھا۔ لیکن اُس کی گردن نے مڑنے سے انکار کر دیا۔ اس کی آنکھوں میں نیلا آنسو بھر آیا لیکن ڈھلک نہ سکا۔ آنکھوں کے دونوں کناروں پر غلیظ سی جھاگ جمی ہوئی تھی۔ اور اب مکھیاں اس کی ناک کو دہلی گیٹ کی طرح نہیں

استعمال کر رہی تھیں۔

سوچنے کی ساری طاقت جو صبح سے خشک سوتا بنی ہوئی تھی اچانک فوارے کی طرح پھنکارنے لگی ___ آج سارا دن کٹ گیا۔ مجھے دلہن نے کھچڑی بھی نہیں دی۔ بڑھیا آئی تھی۔ کتنی بوڑھی ہوگئی ہے۔ اس کے جسم سے دہی اور گھی کی بُو آ رہی ہے۔ آخر تو گوالن ہے۔ پوچھتی تھی ''بڑے بابو دوا دارو ٹھیک سے کراؤ۔ بھگوان رکھے تو را بیٹا کماوت ہے۔ بھرا گھر ہے۔ سب ہاتھوں ہاتھ لیں گے۔ تم ٹھیک ہو جاؤ گے۔ بھگوان کرے'' اور بڑھیا اپنی کمر پر دونوں ہاتھ رکھے اس کو دیکھتے ہوئے آہستہ آہستہ لرز رہی تھی۔ کیا وہ افق پر سورج کے ڈوبنے کا منظر دیکھ رہی تھی اس کالی کوٹھری میں؟ نہیں ایسا کیسے ہوسکتا ہے۔ وہ خود اپنے ساتھ عمر دراز کے بچپن کی یادوں کا ایک پورا کارواں لے کر آئی تھی اور جب گئی تھی تو اپنے پیچھے دہی اور گھی کی خوشبو کا جادو جگا کر گئی تھی۔

عمر دراز کی ناک کی حس آہستہ آہستہ مرتی چلی جا رہی تھی۔ اب وہ اپنی پیٹھ سے رستی ہوئی پیپ کی بدبو بھی نہ سونگھ سکتا تھا۔ لیکن کھانے کی ہر چیز کی بھینی بھینی خوشبو پتہ نہیں کہاں سے اُس کے دماغ میں گھس کر چیونٹیوں کی طرح رینگتی رہی تھی۔ اور دماغ کے ساتوں طبق کو یاجوج ماجوج کی طرح چاٹتی رہتی تھی۔ لیکن کتنے موٹے طبق تھے کہ یاجوج ماجوج کبھی کبھی تھک کر سو جاتے تھے۔ لیکن ان کی موٹائی میں کوئی کمی نہ آتی تھی۔

''آج بھی دلہن نے کھچڑی نہیں دی۔'' ایک وہ تھی جو اُس کی روح کے تناؤ پر مانجھے کا کام کر رہی تھی۔

کوئی پچھواڑے کی گلی میں مویشیوں کو گالیاں دیتا ہوا جا رہا تھا۔ سرکاری جانور تھے اور ان کے گوبر کے لئے دو چھوکرے لڑ پڑے تھے۔ عادت کے مطابق اس کا جی چاہا کہ اٹھے، جائے اور بیچ بچاؤ کر کے معاملہ رفع دفع کرا دے ___ ''لڑتے کیوں ہو۔ گوبر بانٹ لو آدھا آدھا چلو چھٹی ہوئی۔''

وہ اٹھ نہ سکا۔ وہ اپنی چارپائی کے کابوس میں جکڑ کر رہ گیا تھا اس کی بیماری کے اٹھائیس دن

اس کے جسم کے جوڑ جوڑ میں، اٹھائیس کیلوں کی طرح کھبے ہوئے تھے۔ ان کیلوں سے چھٹکارا کہاں۔ اندھیرا تھا۔ بچوں کے رونے، جھگڑنے اور گالیاں بکنے کی آوازیں تھیں۔ اندھیرے کے ساتھ دھوئیں کے تلخ جھونکے اُسکی کوٹھری میں در آئے۔

''شاید دولہن نے چولھا جلایا ہے۔ کھچڑی، ہائے کھچڑی۔ بڑھیا ___ تو کہاں چلی گئی؟ تو تو سراپا گھی اور دہی ہے ___ گوالن ___ تو مجھے دیکھنے کیوں آئی؟ آئی تو صرف دہی اور گھی کی خوشبو کیوں لائی؟ دہی اور گھی کیوں نہ لائی؟ خالی خولی ہمدردی کس کام کی۔ ہمدردی کو مکھیاں بہت ہیں۔ لوگ روٹی کھاتے ہیں، تو انہیں کھاتے۔''

''بکومت ___ میرا دماغ خراب ہو رہا ہے۔ آج اسکول انسپکٹر آیا تھا۔ نوکری کے لالے پڑے ہوئے ہیں۔ اور تم ہو کہ جونک کی طرح آتے ہی خون چوسنے لگتی ہو۔''

آنکھیں کیوں لال پیلی کرتے ہو۔ سنبھالو ان جونکوں کو۔ میں تو چلی جاؤں گی میکے۔ اللہ کا دیا میرے ماں باپ تمہارے سدر کے بھکاری نہیں ہیں ___''

''بکومت'' باسط غصے میں پھر چلایا۔ ''ابا کا کیا حال ہے؟''

عمر دراز کی آنکھیں دن بھر میں پہلی بار جھپکتی چلی گئیں۔ اندھیرے میں خاموشی کے ساتھ۔

''صبح سے مسور کی کھچڑی کی رٹ لگا رکھی ہے۔ دم ہی نہیں نکل چکتا بیچارے کا۔''

''آہستہ بولو سن لیں گے تو ان کا دل دُکھے گا۔ باسط بھی حیران تھا کہ آخر ابا ہڈی پڑا ہو کر کب تک جئے جائیں گے۔

عمر دراز کی پلکیں پھر ٹھہر گئیں۔ اس کے سوجے ہوئے گالوں پر نمکین پانی آہستہ آہستہ تیر رہا تھا۔

دو چوہے دوڑتے ہوئے اس کے جسم پر سے گزر گئے۔ وہ چونکا بھی نہیں۔ وہ اپنے بیٹے اور بہو کی بات سُن رہا تھا۔

''بھئی ابا کی کوٹھری میں ایک چراغ تو جلا دو۔''

''چراغ''؟

''ہاں ہاں ___ ابھی وہ گھر ہی میں ہیں۔ جب وہ قبر میں سو جائیں گے تو میں تم سے چراغ جلانے کو نہیں کہوں گا۔''

عمر دراز کو لگا کہ اس کا بیٹا فرشتہ ہے اور اس کے ہونٹوں سے پھول نہیں چراغ کی لویں ٹپک رہی ہیں اس کی کوٹھری میں ایک لمحے کو اجالا ہو گیا۔ جہاں اُجالا ہو جائے واقعی اسے قبر کون کہے گا۔

''ابھی میں گھر ہی میں ہوں ___ چراغ جلا دو۔''

مسجد سے عشاء کی اذان کی آواز آئی لیکن کوٹھری میں چراغ نہ جلنا تھا نہ جلا۔ روشنی موت کی طرح اس سے گریزاں تھی۔

باسط اور اس کی بیوی میں رات گئے تک جھڑپ جاری رہی۔ دونوں کو پیسے کی تنگی اور بچوں کی بیماری کا گلہ تھا ___ ''بیماری تو بیماری ___ ان کے تن بدن ڈھکنے کو موٹے جھوٹے کپڑے تک نہیں ہیں ___ '' باسط کی بیوی نے سسکیوں میں ڈوبتے ہوئے کہا'' پتہ نہیں میرے باپ نے جنم جنم کو کس کے سنگ باندھ دیا مجھے۔''

بس پھر کیا تھا۔ باسط کے دل کی چوٹ منہ سے دھماکا بن کر نکل پڑی۔ ''اف ___ کون سے گُن ہیں تم میں کہاں کے سرخاب کے پر لگے ہیں۔ ذرا دیکھو۔ شکل چڑیل کی اور مزاج پری کا۔ ہر سال بچہ دیئے جاتی ہو۔ تم نے تو میرا دیوالہ پٹوا دیا۔ ماں باپ سے جدا کرایا۔ تمہارے لئے میں نے بے ایمانیاں کیں۔ ہومیو پیتھی کا جھوٹا ڈاکٹر بن بیٹھا ___ ہونہہ''

ارے ذرا گلا کم پھاڑو۔ ورنہ گاؤں والون نے سن لیا تو دو چار آنے والے مریض بھی نہیں پھٹکیں گے تمہارے پاس۔''

بات عقل کی تھی، خاموشی سے سمجھوتا ہو گیا۔

''تم نے ابا کو کھچڑی کیوں نہ دی کھانے کو۔''

''ارے چھوڑو بھی ___ وہ تو بچوں کی طرح چاند کے لئے ٹھنکتے رہتے ہیں۔'' ''تم اُن کی ہسٹ

پوری کر سکو تو کرو میں تو نہیں کرتی۔"

"ابا اب زیادہ دن تھوڑے ہی ___ بس چند دن کی بات ہے ___ لیکن چالیس پچاس تو پھر بھی لگ ہی جائیں گے۔ کپڑا تو سونے کے بھاؤ بک رہا ہے۔"

"اجی آپ بھی کہاں کے حاتم ہیں۔ معمولی کپڑا خرید لیں گے۔ کفن کیسا ہی ہو۔ اللہ تو اعمال دیکھتا ہے۔ جیسا کرو گے ویسا بھگتو گے ___"

"آہ بیچارے ___"

"دیکھیے قسم خدا کی ___ ستایئے مت۔ روز روز کی جھلاہٹ۔"

عمر دراز کے کانوں میں جب ہلکی ہلکی سنسناہٹوں کی آواز آئی تو وہ سمجھ گیا کہ جنگلی بطخوں کے جھنڈ دکھن سے اڑ کر اتری جھیل کی طرف جا رہے تھے۔ وہ اٹھائیس دن سے یہی آواز سن رہا تھا، یہ انتیسویں صبح تھی جس کا آغاز جنگلی بطخوں کے پروں کی سنسناہٹ سے ہو رہا تھا۔ اس وقت اٹھائیس دن کے بعد پہلی بار اس کا جی چاہا کہ وہ بھی جنگلی پرندہ ہوتا ہے اور وہ بھی اس طرح دھندلی اور خاموش فضا میں پرواز کرتا۔ اس کا دل آہستہ سے اس کے جسم کو چھوڑ کر اڑا اور اوپر آسمان میں بلند ہوتا چلا گیا۔ برق رفتار جنگلی بطخوں کا یہ تعاقب اس وقت ختم ہوا جب دور کے کھیتوں سے لوگوں کی ہانک اور پکار کی آواز آنے لگی۔

بار بار اس وقت اس کے دل میں ایک سانپ پھن پھیلا کر جھومنے لگا تھا ___ یہ پھن پھیل کر ایک کفن بن جاتا تھا ___ کیا یہ کفن چالیس پچاس روپے کو آئے گا۔ یہ کفن اس کی پوری زندگی سے زیادہ قیمتی تھا ___ زیادہ سفید، زیادہ نیا، زیادہ پاکیزہ اور قابلِ قدر۔

اس کی زندگی جہاں سے شروع ہوئی تھی وہیں ختم ہو رہی تھی۔ اسی گاؤں میں اسی گاؤں میں اس کی بیوی بھی تھی۔ اس اپنے دور اور نزدیک کے رشتے دار بھی۔ خود اس کی بیوی اس کا منہ دیکھنے کی روادار تھی۔ وہ کہتی تھی اسے عمر دراز سے سخت نفرت ہے۔ جب وہ یہ کہتی تھی تو مونہہ چھپا کر، کمرے میں بند ہو کر، دونوں ہتھیلیوں سے اپنے جھرّی بھرے سفید گالوں کو مل مل کر روتی تھی، اس

کی وجہ کیا تھی۔ یہ خود اسے بھی معلوم نہ تھا۔

تیس بتیس برس پہلے اسی گاؤں میں اس کے حُسن کے نام سے چراغ جل اٹھتے تھے۔ چھوٹی موٹی، خوبصورت لڑکی، پتلے ہونٹ، نازک انگلیاں ____ اور جب اس کے کانوں میں کسی نے منہ ڈال کر کہا ''بنو ____ بیاہی جارہی ہو ____ اپنے چچازاد بھائی کے ساتھ'' تو اس کا دل دھک سے ہوگیا اور گالوں پر سنہری سی سرخی آ گئی۔

شادی کی رات عمر دراز نے اس کے معطر گھونگھٹ کو اپنے بھدے ہاتھوں سے الٹ کر، اس کے مہکتا ہوا سہرا اٹھایا تھا اور اس کی عرق عرق ٹھنڈی چھوکر آنکھیں کھولنے کی التجا کرتے ہوئے اپنی جان کی قسم دی تھی تو اس کے گالوں کے چراغ کی لویں لپک کر اس کی آنکھوں تک پہنچ گئی تھیں اور عمر دراز کا دل تہ و بالا ہوگیا تھا۔

عمر دراز اپنے بھائیوں بہنوں میں جنم جنم کا احمق مشہور تھا۔ کتنی مشکل سے اس نے انٹرنس پاس کیا تھا۔ گاؤں میں اس کی دھاک ضرور جم گئی تھی اور اس کی بیوی کا دل قدرے ٹھنڈا ہوا تھا۔ وہ ابھی کمسن نوجوان تھا، مسیں بھیگ رہی تھیں اور اس کا جسم ایک بے ڈول جنگلی درخت کی طرح بڑھ رہا تھا۔ اس کی بیوی، بھائی، گاؤں والے، سب ہی اس کا مذاق اڑاتے وہ ہنستا ____ یہ لوگوں کو کبھی نہ معلوم ہو سکا کہ وہ جان بوجھ کر ہنس رہا ہے یا محض بے وقوفی میں۔ اس کے دانت بہت بڑے تھے، باہر کو نکلے ہوئے، جیسے ہر گری پڑی چیز کو اٹھا کر وہ چبا ڈالے گا۔ ان ہی دنوں جبکہ وہ اپنی بیوی سے آنگن میں باتیں کرتا کرتا سو جاتا اور اس کی بیوی تارے گنتی رہتی، اس کو ایک چھوٹے سے گاؤں کی پوسٹ ماسٹری مل گئی۔ گاؤں والے دانت انگلی کاٹنے لگے۔ کائیاں نکلا۔ غضب خدا

____ واہ بھائی مان گئے۔''

لیکن کچھ ہی دنوں بعد عمر دراز کے جیل جانے کی نوبت آ گئی۔ اس نے اندھے بھروسے کی کلہاڑی خود اپنے پاؤں پر ماری تھی۔ اس نے ڈاک خانے کی کنجی ایک دوسرے ملازم کو دے دی

اور خود چلا گیا بال کٹانے۔ واپس آیا تو ڈاک خانے کی حجامت بھی ہو چکی تھی۔ سرکاری روپیہ غائب تھا جیل کا پھاٹک اس کا انتظار کرنے لگا۔ وہ بہت گھبرایا، بہت رویا اور اس کے بڑے بڑے نکلے ہوئے دانت خود اس کی ہتھیلیوں میں پیوست ہو گئے۔ اسے اپنی حماقت کا بالکل غم نہ تھا۔ نہ اُسے اس کا افسوس تھا کہ اتنی اچھی نوکری اس کے ہاتھ سے مچھلی کی طرح نکل گئی۔ اس کو افسوس تھا کہ ایک شریف آدمی نے جس پر اُسے اتنا بھروسہ تھا اس نے دغابازی کیوں کی۔

''عمر دراز بھائی نوکری کرنے کے لئے عقل کی بھی ضرورت ہوتی ہے۔''

''عمر دراز بھائی آپ کو عقل کے میدان اور گھاس کے میدان کے سامنے کھڑا کر دیا جائے اور کہا جائے جس میں جی چاہے چلے جاؤ____ تو آپ کس میں جائیں گے؟''

''ظاہر ہے جو بات گھاس کے میدان میں ہے وہ عقل کے میدان میں کہاں____ کیوں عمر دراز بھائی'' ایک تیسرا سن چلا بول اٹھتا۔

اِن باتوں کے علاوہ عمر دراز کو یہ معلوم تھا کہ اس کے گھر کے تمام لوگ اس سے ناخوش ہیں اور اس پر قہر کی بارش کرتے رہتے ہیں۔ وہ لوگوں کی نگاہوں سے گھبرانے لگا خود اس کی بیوی اس کے پاس خاموش رہتی اور اس کی چھیڑ چھاڑ کے جواب میں بھی ہوں ہاں سے آگے نہ بڑھتی۔ بالکل کچی، گیلی لکڑی جسے چولھے میں ڈال دو تو دھوئیں کے سوا اور کچھ حال نہ ہو۔ گاؤں والوں کی زبان پر تالا کون ڈالتا۔ اس کی ماں گھر والوں کو تو کوس پیٹ کر دبا لیتی تھی، لیکن باہر والوں پر کس کا زور تھا۔

''عمر دراز کالا دیو اور بیچاری اس کی دلہن____ جوہی کی نازک ٹہنی۔ جنم جنم کو روندی گئی بے چاری۔''

''لوگوں سنا کچھ۔ عمر دراز کی دلہن کا جی کچا کچا رہنے لگا ہے۔ ہائے بدنصیب جان کون سا بچہ ہوگا۔''

''ایسے نکھٹو کے بچے کی ماں بننے سے تو کوکھ جلی ہی رہنا بہتر۔''

'یہ سارے زہر میں بجھے ہوئے تیر اس کے جسم میں خاموشی سے پیوست ہوتے چلے گئے۔ جیسے دل میں سوئیاں دفن ہوتی چلی جائیں۔

جس دن باسط پیدا ہوا وہ خوشی میں پاگل ہو گیا۔ جو آتا بڑے بوڑھوں کو مبارک باد کہتا۔ گھر کی

ماما ئیں تک ایک دوسرے کو مبارک باد کہہ رہی تھیں۔مگر عمر دراز صرف خوش ہوئے جا رہا تھا۔اسے کوئی مبارک باد نہیں کہہ رہا تھا۔اسے اس کی پروا بھی نہیں تھی۔

اس کا دوسرا بھائی ڈاکٹر ہو گیا۔لیکن وہ اسی طرح گاؤں میں پڑا رہا۔اب اس کے بھائی کا موازنہ کر کے لوگ اس کی جان نکالے دے رہے تھے۔اسے اپنے بھائی سے بڑی محبت تھی اس کا سینہ فخر سے بھول گیا تھا وہ کہتا____"جلنے والے جلا کریں____میرا تیسرا بھائی بھی ڈاکٹر ہوگا، وکیل ہوگا، مجسٹریٹ ہوگا۔"

"اور تم ان سب کے چپراسی بن جانا۔"

لوگ قہقہے لگاتے، تاڑی پیتے اور اس کی خوبصورت بیوی کی بے رنگ اور بے جوڑ زندگی پر چنے اتنے بڑے آنسو بہاتے جو نظر نہ آتے۔

رفتہ رفتہ عمر دراز کمرے سے نکل کر سائبان میں آیا، سائبان سے دروازے میں اور وہاں سے باہر کے سائبان میں۔اب اس کا ڈیرا وہیں جما رہتا۔جب کھانا بھیج دیا جاتا کھانا کھالیتا۔نہ بھیجا جاتا تو تسبیح اور کلمات کا ورد کیے جاتا۔

دیکھتے دیکھتے ہر چیز بدل رہی تھی۔اس کا بھائی ڈاکٹر تھا اور وہ اپنے کنبے کے الجھنوں اور پیشے کی مصروفیتوں میں الجھ کر رہ گیا تھا۔چھوٹا بھائی بھی کمپونڈر بن گیا تھا۔ماں روز بروز قبر سے قریب ہوتی جا رہی تھی۔باسط بڑا ہو گیا تھا۔باسط کے بعد کئی بچے اور ہوئے۔لڑکیاں پیدا ہوئیں اور اللہ کو پیاری ہوئیں۔البتہ دو لڑکے____زندہ رہ گئے تھے۔اس کی بیوی کا حسن گہن میں کھوتا رہا اور اب تو اس کی پیشانی پر بھی جھریاں پڑ گئی تھیں۔آس پڑوس کے لوگ کہتے۔

"ہائے کمبخت کو دو جوڑی چوڑیاں لانے کی بھی توفیق نہیں ہوتی۔بیوی کے ہاتھ نہ ہوئے ببول کی ٹہنیاں ہوئیں۔"

لیکن اب وہ قرآن کی تلاوت، مسجد کے چراغ اور اذان کے چکر میں کھویا ہوا تھا۔اس کا کرتا جو کبھی سیاہ رہتا، کبھی مٹیالا، اس کے گھٹنوں سے نیچے تک لٹکا رہتا تھا۔اس کا پاجامہ خاصا شرعی ہو گیا تھا۔

مگراس کے سائز کی کوئی پابندی نہ تھی۔ چڑھا تو اٹنگ ہوگیا اور پھیلا تو غبارہ بن گیا۔ بیوی کو کبھی ترس آتا تو چپکے سے آتی اور اس کے کپڑوں میں پیوند لگا دیتی۔ عید بقرعید خاص طور پر اس کے کپڑوں میں پیوند وغیرہ لگ جاتے۔ ٹوپی تو اکثر نئی ہوتی تو جو چپت گاہ سے سجدہ گاہ تک اس کے سر کو ڈھک لیتی اور ہاں ایک آدھ پُرانے کپڑے کا رومال بھی مل جاتا جس میں خس یا حِنا کی خوشبو بھی بسادی جاتی تھی۔ ساتھ روئی کا ایک معطر پھوہا بھی ملتا جو وہ اکثر اپنے کان کی سرنگ میں چھپالیتا۔

اس کے سر کے بال کھچڑی ہو گئے تھے۔ اس کے کان کے گوشے دونوں طرف لٹک گئے تھے۔ اس کے دونوں پاؤں سوجنے لگے تھے اور بائیں کان کے پاس ناسور نما زخم ہو گیا تھا اور سیروں نیم کے پتوں کی پولٹیس کے باوجود اپنی جگہ پر جوں کا توں قائم تھا۔ لوپر اس کا منھ تو ننھا سا تھا مگر اس کے اندر ایک سیال سی آگ لگی رہتی تھی۔

اس نے اپنے ڈاکٹر بھائی کے یہاں بچوں کی تعلیم کا کام سنبھالنا چاہا لیکن کچھ نباہ نہ ہوسکا۔ اس کی بیوی اپنے گاؤں میں لڑکیوں کا مکتب لے کر بیٹھ گئی تھی اور اپنے شوہر کے حصے کے کھیت کی آمدنی سے وہ اپنا اور بچوں کا پیٹ پال رہی تھی۔ بس وہ خود فاضل ہستی تھا۔

ایک روز کئی گاؤں کے چکر لگا کر وہ جب گھر آیا تو اسے کھانا نہیں ملا۔ اس نے مسجد میں نماز ادا کی اور زور زور سے درود اور الحمدللہ پڑھتے ہوئے باہر کی چوکی پر لوٹ لگانے لگا تا کہ لوگوں کو اس کے وجود کا احساس ہو اور سے کھانا مل جائے۔ لیکن اس کی امید غلط ثابت ہوئی۔ آخر جب اس سے بھوک برداشت نہ ہوسکی تو اس نے اپنا لوٹا زور سے زمین پر پٹک دیا۔ پھر بھی گھر کا سناٹا دور نہ ہوا۔ وہ اندر گیا اور بے تحاشا اپنی بیوی کو پیٹنے لگا۔

''خدا تم کو غارت کرے۔ تمہارا ناسور تمہاری موت بنے۔''

ایک طرف کوسنے تھے اور دوسری طرف لات، گھونسے۔ گھر کے سب لوگ سکتے میں تھے۔ بچے تھر تھر کانپ رہے تھے۔ کسی کو امید نہیں تھی کہ یہ ازلی احمق اتنی جرأت کرے گا۔ اس سے پہلے بھی اسے بھوکا مارا گیا تھا۔ اس کی تذلیل کی گئی تھی، اسے ستایا گیا تھا لیکن اس کا جواب اس نے

ایک دردناک خاموشی سے دیا تھا۔

''میں خون پسینہ ایک کرتی ہوں تو اپنا اور بچے کا پیٹ پالتی ہوں۔تم کباب میں ہڈی کون ہو۔'' اس کی بیوی بپھر بھی رہی تھی اور رو بھی رہی تھی۔

''اور میرے کھیت کی آمدنی؟''

''شرم نہیں آتی ___ ان تینوں کو دنیا میں لائے ہو تو کیا وہ بس ہوا پانی پر زندہ رہیں گے ___ پگلے۔''

اس کا پاگل پن ختم ہو گیا وہ باہر آ گیا۔وضو کیا اور چاندنی رات میں باہر گھاس پر جائے نماز بچھا کر نفلیں ادا کرنے لگا۔

صبح وہ گاؤں سے غائب تھا۔

ایک ڈیڑھ مہینے تک تو لوگوں کو اس کا اتہ پتہ کچھ نہ چلا۔پھر اس کی خبریں آنے لگیں۔معلوم ہوتا اس گاؤں میں بڑے زمیندار کے پوتوں کو پڑھا رہا ہے۔پھر خبر آتی وہ تو داروغہ صاحب کے گھر بچوں کی تربیت پر مامور ہے۔اصطبل کے پاس پوری چھت پر اس کا قبضہ ہے دو روپے اور کھانا کپڑا اور مہینے میں صابن کی دو چکیاں کوئی کھیل مذاق نہیں۔وہ ان ہی چکیوں سے نہاتا بھی اور کپڑے بھی دھوتا۔اس کی ڈاڑھی لمبی ہو گئی تھی اور اب وہ اکثر بیکار وقتوں میں مراقبے میں چلا جاتا تھا۔خدا سے لو لگا رہا تھا۔تنہائی میں غیب کی باتیں بھی بکا کرتا تھا۔ہاں ایک بات یہ ضرور ہوئی کہ ایک دن جب داروغہ صاحب نے غصے میں آ کر بہت زیادہ کھانے کا طعنہ دیا تو اس نے اپنا بستر لپیٹا اور نکل گیا۔اس کا مطالبہ اتنا کم تھا کہ جلد ہی اسے ایک اور گاؤں میں ایک بڑے کاشتکار کے ہاں اس کے شریر نواسوں کی تربیت اور تعلیم کا کام مل گیا۔پھر ایک جھونپڑا اس کے قبضے میں تھا، بچھانے کو پوال کا گدا تھا، ناریل کا حقہ تھا جس کی ایک چنگاری نے وہ گل کھلایا کہ وہ جھونپڑے سے نکل کر ایک درخت کی چھاؤں میں بیٹھ گیا۔اس کے شاگرد دراصل اس کے استاد تھے اور وہ ان کا سلیم الطبع شاگرد۔معاملہ خود بخود طے ہو گیا۔وہ گھر سے اچھی اچھی باسی اور تازہ چیزیں اپنے دامن میں چرا

کرلاتے اور اس کا منہ بھر دیتے۔

ایک زمانے تک وہ گھر نہیں لوٹا۔ البتہ اس کی تمام حرکتوں کی اطلاع اس کے گھر پہنچتی رہتی تھی جس کو سن کر گھر کے لوگوں کا سر شرم سے جھک جاتا تھا۔

جب باسط کی شادی طے ہوگئی تو اچانک ایک دن وہ اپنے گاؤں میں آدھمکا۔ لوگوں کو ایک تکلیف دہ حیرانی نے آدبوچا۔ اس نے بھی کسی نے اس سے بات نہ کی۔ اس نے صرف گاؤں کے چھوٹے سرکار کو جھک کر سلام کیا۔ کیونکہ ان کو سلام کرنے سے تو گھوڑے گدھے بھی انکار کرنے کی جرأت نہیں کرسکتے تھے۔

اندر میراثنیں گیت گارہی تھیں ____ باہر برات تیار ہوچکی تھی۔ گھوڑے، ٹٹو، ڈولیاں ____ اور سب کے پیچھے من چلے جوانوں کا دل۔ کسی نے اس سے نہیں کہا کہ وہ پیدل کیوں کر جاسکے گا۔ وہ خوش تھا۔ کبھی وہ باسط کی ڈولی کے پاس آتا اور کبھی چھوٹے سرکار کے گھوڑے کے پاس جنھوں نے برات میں شرکت کرکے اس کو بلکہ اس کی سات پشت کو عزت بخشی تھی۔

تھوڑی دیر میں برات اس کی آنکھوں سے اوجھل ہوگئی۔ وہ ابھی پہاڑ کی چڑھائی تک پہنچا تھا اور برات اتار پر تیزی سے آگے بڑھ رہی تھی۔ سورج غصے میں سرخ آگ برسا رہا تھا۔ صراحیاں، شربت گلاب اور گگریاں، ساری نعمتیں برات کے ساتھ تھیں۔ ٹھیک ہی تو کسی نے کہا تھا!" ارے عمر دراز بھائی کا کیا ہے وہ تو گاؤں گاؤں کے ہرکارے ہیں۔ انہیں سمدھیانے پہنچنے کیا دیر لگے گی۔"

واپسی پر دلہن کو دیکھنے کے بعد اس کمبخت نے کیا دیا۔ دو روپے کی بھی کوئی سُسُر کی رونمائی ہوتی ہے۔ اس کی خوب خبر لی گئی۔ کھانا کھاتے ہوئے اس پر تیر دنشتر کی بارش ہوئی۔ لیکن وہ ان تیر دنشتر کا خیال کرتا تو ہاتھ سے خوان نعمت کھوتا۔ وہ آنکھ کا اندھا اور کان کا بہرا بن کر پلیٹیں اور کٹورے چاٹتا رہا۔

رات ہوئی تو طعنوں تشنوں کا سلسلہ جاری تھا۔

صبح ہوئی تو وہ گاؤں سے غائب تھا ____ کسی کو کوئی فکر نہ ہوئی۔ بدن سے رینگتی ہوئی چیونٹی

اتر جائے تو اس کا ماتم کون کرتا ہے۔

ایک سال بیتا، دو سال بیتے ___ کئی سال بیت گئے۔ عمر دراز کو زمین کھا گئی تھی یا آسمان کچھ سمجھ میں نہ آیا۔ لوگ بھول گئے سب کچھ۔ اس کی بیوی البتہ جب بھی موقع ملا اپنی مانگ میں سیندور ڈال کر اور سستی پھسپھسی چوڑیاں پہن کر عمر دراز کی زندگی کا اعلان کرتی رہی۔ ایک لمحے کو عورتیں اپنے دانتوں تلے ہزار دبائے نہ دبنے والی انگلیاں دبا لیتیں اور آنکھوں میں آنسو بھر کر کہتیں ”نگوڑی ___ مانگ جلی ___ عورت کا دل ہی تو ہے ___ آس کے دھاگے میں پرو کر رکھتی ہے بیچاری، کیا کرے۔“

گاؤں ویران ہو چکا تھا۔ کچھ لوگ، جن کے دم خم سے گاؤں کی رونق تھی، اچانک اٹھ کر، گاؤں اور افق کے درمیان اُگ آنے والے اَن دیکھے افق کے پیچھے کھو گئے تھے۔ ہاں چھوٹے سرکار کے کھیت، ان کا رعب داب سلامت تھا۔ عمر دراز کا مکتب بھی سلامت تھا۔ باسط اس سے الگ ہو گیا تھا۔ اس کا اپنا گھر تھا، بیوی اور آدھے درجن بچے۔ سلطان اور منان ___ عمر دراز کے جلائے ہوئے دو چراغ گاؤں کے اسکول میں پڑھ رہے تھے۔ عمر دراز کے حصے کے کھیت اور مکتب کی گنڈے دار تنخواہ سے کام چل رہا تھا۔ علاج معالجے کی کوئی زیادہ فکر نہ تھی، باسط ابتدائی اسکول میں ماسٹر ہونے کے علاوہ ہومیو پیتھی کا ڈاکٹر ہو گیا تھا۔ جو مریض کی تسکین کے لئے اس کے سر پر بھی اسٹتھسکوپ رکھ کر دورانِ خون کا راز معلوم کر لیتا تھا۔

زندگی جس طرح کٹ سکتی ہے کٹ رہی تھی۔

عمر دراز کی بیوی دوپہر کے وقت برتن مانجھ کر اور اپنے چھوٹے بچے کا پاجامہ بیونت کر آنگن میں پپیتے کے پیڑ تلے ذرا اونگھنے لگی تھی کہ پوسٹ مین کی گرج دار آواز نے اسے چونکا دیا۔ ایک منی آرڈر تھا۔ عمر دراز نے بھیجا تھا اجمیر شریف سے۔ اس کی بیوی تھر تھر کانپ رہی تھی۔ اجمیر شریف اس دنیا کی کسی جگہ کا نام ہے یا یہ بھی آسمان کے ساتویں طبق کا کوئی شہر ہے۔ اس منی آرڈر کے روپے ابھی خرچ بھی نہیں ہوئے تھے کہ ایک خط آیا۔ کسی اجنبی ہاتھ کا لکھا ہوا تھا۔

''عمر دراز صاحب بسترِ مرگ پر ہیں۔ اتنے دنوں بعد کہیں سے ان کا پتہ ملا ہے تو آپ کو اطلاع دے رہے ہیں۔ اللہ انہیں محفوظ رکھے۔ ان کا ناسور انہیں کھائے جا رہا ہے۔

جوں توں کر کے اس کی بیوی نے کچھ قرض لے کر کچھ چیزیں بیچ کر روپیہ فراہم کیا روپیہ بیٹے کو دیا۔ باسط نے روپیہ بھیج دیا اور روزانہ عمر دراز کا انتظار ہونے لگا۔ اس کی بیوی کی جھریاں اور لٹک آئیں اور آنکھیں اور دھنس گئیں۔ ایک دن عمر دراز آ ہی گیا۔ گاؤں کے سب لوگ جمع ہو گئے۔ عورتوں نے بلائیں لیں اس کمزور ڈھانچے کی جس کی سیاہی پر زردی جھلی بھی چمکتی ہوئی معلوم ہوتی تھی۔ چند دن میں اس کی گردن کا ناسور بہنا بند ہو گیا۔ وہ اٹھ بیٹھا اور گاؤں کے چکر بھی لگانے لگا۔ کبھی اس گلی میں، کبھی اس گلی میں۔ خانقاہ کی بے فکر زندگی اور لنگر خانے کی کھچڑی نے اس میں ایک خوف ناک گرسنگی پیدا کر دی تھی۔ اب پھر گاؤں کی عورتیں اس سے بیزار ہونے لگیں ہر شخص عمر دراز کو دھتکارنے لگا۔ قصور اس کا تھا۔ ہمیشہ کھانے ناشتے کے وقت تاک کر آ دھمکتا لوگوں کے گھر اور آنکھوں ہی آنکھوں میں ان کے دسترخوان کا صفایا کر کے رکھ دیتا ____ اس کا منہ کھلتا اور بند ہوتا۔ اور کھانے کی ہر نعمت صاف ہو جاتی۔ اب پھر اس کے کان بند تھے۔ اس کی آنکھیں بند تھیں ____ صرف اس کے پیٹ کا منہ کھلا ہوا تھا۔ اس کا فیل پا جگہ جگہ سے پھٹنے لگا تھا۔ آنکھیں ہلدی کی طرح زرد اور داڑھی مونچھ جنگل کی جھاڑیاں نظر آتی تھیں۔ عورتیں کہتیں: ''حد کر دی عمر دراز نے۔ ایسا زمانے کا ندیدہ تو نہ ہو کوئی۔'' شادی، بیاہ، ختنہ، گوشوارہ۔ کوئی تقریب ہو۔ دسترخوان کی ہڈیاں چوسنے اور جھوٹی پلیٹیں چاٹنے کا کام تو وہ عبادت کی طرح کرتا تھا۔ گاؤں والے جہاں اسے بلاتے، اس پر پھبتیاں کستے گالیاں بکتے، دھتکارتے وہاں اس پر مہربانی بھی کرتے۔ تمام کی تمام گلی سڑی چیزیں اسے کھانے کو دے دیتے۔ اور وہ بھی کیسا مزے میں کھاتا کہ لوگ مارے گھبراہٹ اور شرمندگی کے منہ پھیر لیتے۔ وہ اپنے فیل پا کی وجہ سے بہت آہستہ آہستہ چلتا۔ عورتیں دیکھ کر بھاگتیں لوگ اس سے دامن بچاتے کون جانے کچھ کھانے کو مانگ بیٹھے ہاں جب کبھی وہ گاؤں سے باہر کھیروں، گوالوں یا کوریوں کے بگھوں کی طرف نکل جاتا تو اس کی خوب آؤ بھگت ہوتی۔ دہی ملتا،

چوڑا ملتا، گڑ ملتا، یہاں تک کہ تازہ گگڑیاں اور شکر قندیاں ملتیں۔ وہ اس وقت ان سے باتیں بھی کرتا لوگ اس کے چاروں طرف بیٹھ جاتے۔ وہ ان کو اپنی اجمیر یاترا کی کہانی سناتا۔ ''وہاں سب کی مرادیں بر آتی ہیں خواجہ کی درگاہ پر منوں کھچڑی روز تقسیم ہوتی ہے۔ میں بالکل اچھا ہو گیا تھا۔ یکا یک ناسور پھوٹ نکلا۔ مجھ سے کچھ گناہ ہو گیا تھا۔ میں نے ایک دن پہلے سوچا تھا کیوں نہ چلوں اپنے گاؤں ____ یہ بات خواجہ کو بری لگی ____ وہاں بڑا آرام تھا ____''

شام کا وقت تھا وہ مغرب کی نماز پڑھ کر واپس آ رہا تھا۔ آج نماز کی صف میں بھی کچھ لوگ اس سے دور کھڑے تھے، ایک آدمی کی جگہ چھوڑ کر۔ اس کی گردن سے بدبو نکل رہی تھی۔ وہ اپنے آہستہ آہستہ قدم اٹھاتا ہوا گھر میں داخل ہوا۔ اس کی بیوی کے ہاتھ سے چراغ گر کر بجھ گیا۔ ''تم اس گھر میں مت آؤ۔ میں تمہارا منھ دیکھنا نہیں چاہتی۔ تم پھر اجمیر چلے جاؤ۔''

''میں اجمیر نہیں جاؤں گا!'' وہ اتنے زور سے چیخا کہ پپیتے کے پیڑ پر گھونسلے کی چڑیاں اُڑ کر چکر کاٹنے لگیں۔

بیوی سہم کر کھڑی ہو گئی۔

''میں آج سے تمہارا منھ نہیں دیکھوں گا۔''

''میں بھی تمہارا منہ دیکھوں تو سُور کا گوشت کھاؤں'' اس کی بیوی نے بھی تھرتھراتی ہوئی آواز میں کہا اور جب تھوڑی دیر میں اس نے دوبارہ گرے ہوئے چراغ کو جلایا تو اس کے منہ سے چیخ نکل گئی۔ لیکن یہ اس کا محض وہم تھا۔ عمر دراز تو وہاں سے نکل کر گلی میں کانپ رہا تھا۔

اس دن کے بعد وہ پھر دوبارہ گھر میں داخل نہیں ہوا۔

بڑے، بوڑھے، بچے سب اسے چڑاتے۔ ''میں اجمیر نہیں جاؤں گا'' وہ اس کورس سے بھاگتا۔ مسجد میں پناہ لیتا۔ لیکن بچوں کی فوج وہاں بھی اس کا سر کچلنے پہنچ جاتی۔ فیل پا کی وجہ سے وہ تیز نہیں بھاگ سکتا تھا۔ اس کے پیر سے کھڑاؤں نکل نکل کر آگے بھاگنے لگتی اور اس کے تلوؤں سے خون ٹپکنے لگتا۔

ان دنوں وہ اپنا زیادہ وقت سرکاری ڈیوڑھی پر بتاتا۔ چھوٹے سرکار کے کتب خانے سے پرانی

کتابیں لے لے کر پڑھتا تھا۔ اپنے بھتیجے کی انگریزی کتابیں بڑھتا رہتا اور کبھی اس کے سامنے ہمہ تن سوال بن کر کھڑا ہو جاتا۔

''کیا ہے بڑے ابا۔ وہ اس سے زیادہ نہ پوچھتا اور اپنے چچا کو دیکھنے کے بجائے بہت دور دیکھنے لگتا۔ وہ ایک چونی دونی مانگتا تو اس کا بھتیجہ اٹھنی دے دیتا۔

ایک دن پھر اسے بچوں نے دوڑایا۔ تاڑی پیتے ہوئے بڑے بوڑھوں اور نوجوانوں نے اسے بہت طعنے دیئے۔ ایک آدھ نے رحم کھا کر اسے ہڈیاں چاٹنے کو بھی دیں۔ لیکن وہ اتنا بے دم تھا کہ اس سنہرے موقع کا فائدہ نہ اُٹھا سکا۔ لوگوں نے تالیاں بجائیں۔ اس کی گردن کے ناسور سے خون اور پیپ نے بہہ کر اس کے کرتے کے گریبان کو تر کر دیا۔ رات کے وقت وہ چھوٹے سرکار کے اصطبل کے پاس پوال میں گھس کر سو گیا۔ صبح اٹھا تو اس کی گردن ٹیڑھی ہوگئی تھی اور پاؤں کی انگلیاں پھٹ گئی تھیں۔

باسط کا دل اس دن بھر آیا۔ وہ اپنے باپ کو اپنے گھر لے آیا۔ اس کی بیوی نے چند دن اپنے سسر کی خدمت جی جان سے کی۔ مگر جب اس نے دیکھا کہ وہ ہوا میں معلق ہے۔ نہ آسمان پر جاتا ہے اور نہ زمین پر آتا ہے تو اس کا دل الجھ کر رہ گیا___ روتے ہوئے بچوں کی کمر پر اس نے جھنجھلا کر ہاتھ رسید کئے اور اپنا سر پکڑ کر بیٹھ گئی۔

اس کالی کوٹھری میں یہ اس کی انیسویں صبح تھی اس کی آنکھیں آنسو سے بھر آئی تھیں۔ ''میری آنکھوں کے تارے کتنے ناخوش اور دکھی ہیں......''

باسط منہ اندھیرے اس کی کوٹھری میں آیا۔ ''ابا آج کھچڑی کھائیں گے نا۔'' اس نے کوئی جواب نہیں دیا۔ عام طور پر ایسے سوال پر عمر دراز کا پورا جسم لرز اٹھتا تھا۔ لیکن اس وقت وہ خاموش پڑا ہوا تھا۔ باسط نے جھک کر اسکی آنکھوں میں دیکھا___ ''لو وہ آج جب کہ ہاتھ بالکل خالی ہے۔''

''میرا کفن نہ خریدنا۔ بڑی گرانی ہے۔ ایسے ہی ڈال دینا مجھے قبر میں۔ خدا تو اعمال دیکھتا ہے۔''

باسط گھبرا کر باہر چلا آیا۔ اس نے اپنی چھتری کونے میں کھڑی کر دی اور ٹوپی اتار کر رکھ دی۔ ''منو کی اماں آج کھچڑی ضرور پکا دو۔''

''اچھا۔''

''نہیں ابھی پکا دو۔'' وہ خود بھی چولہے کے پاس بیٹھ گیا۔ جلدی جلدی دھوئیں میں کھچڑی تیار ہوئی۔

باسط ایک بڑے سے قاب میں کھچڑی لے کر کالی کوٹھری میں آیا۔ عمر دراز کی آنکھیں کھلی ہوئی تھیں۔ کھچڑی کی بھاپ اس کے چہرے اور باسط کے آنکھوں کے درمیان آہستہ آہستہ پگھل رہی تھی۔ باسط نے باپ کو جھنجھوڑ دیا۔ اور اس کی ناک میں سے دو تین مکھیاں اڑ کر بھاگیں۔ بیٹے نے باپ کی گردن میں ہاتھ ڈال کر اٹھایا اور بٹھا دیا۔ اُس کا ہاتھ خون اور پیپ سے لت پت ہو گیا اور باپ کی پیٹھ کی کھال جھلی کی طرح اتر آئی۔ بیٹے نے گھبرا کر اپنا ہاتھ کھینچ لیا۔ عمر دراز چارپائی پر گرا اور اس کی زرد آنکھیں پھٹ سے بند ہو گئیں۔

سب ہی ماتم میں شریک تھے۔ عورتیں رو رو کر اس کی ساری زندگی کی یادوں کو دہرا رہی تھیں، بچوں کا منہ اتنا سا نکل آیا تھا۔ اُن کا کھیل ختم ہو گیا تھا۔ دن ڈھلے جنازہ اٹھا تو سارا گاؤں اس میں شریک تھا۔ نہ شریک تھا تو اس کا بھتیجا۔ اس نے خاموشی سے کہا تھا! ''میں ان لوگوں کے ساتھ کھڑا ہو کر بڑے ابا کو الوداع نہیں کہوں گا جنھوں نے ان کی زندگی میں اُن سے جانوروں کا برتاؤ کیا ہے۔''

قبرستان میں ایک نئی قبر دھرتی کے نئے زخم کی طرح ابھر آئی۔ اس کی بیوی نے کھنڈر میں چھپ کر گاؤں والوں کو خوش خوش واپس آتے ہوئے دیکھا جیسے ان سب کے دل پر سے پتھر کی سل ہٹ گئی ہو۔ کھیتوں سے واپس آتے ہوئے کسان اپنے جانوروں کو چھوڑ کر اس کی قبر کے پاس آئے اور سر جھکا کر دیکھتے رہے۔

ڈوبتے ہوئے سورج کی چھاؤں میں کتنی خاموشی سے دھرتی ماں نے اپنے ایک ناقابلِ برداشت بچے کو اپنی چھاتی میں چھپالیا تھا۔

اپنے بیلوں کو ہانکتے ہوئے ایک نے دوسرے سے کہا۔

''دھرتی کا کلیجہ کتنا بڑا ہے۔''

☆☆

ساجد رشید

راکھ

بیماری اور موت مل کر بھی شمع کے چہرے کی کشش کو ختم نہیں کر سکے۔ جمال نے فرش پر رکھی بیوی کی لاش کو دیکھتے ہوئے سوچا۔ شمع کا مردہ جسم سفید چادر سے ڈھکا ہوا تھا۔ صرف چہرہ کھلا تھا۔

شمع کی گھنی سیاہ پلکیں جھکی ہوئی تھیں۔ اور وہ ایک ٹک اس کے سرخ و سفید چہرے کو دیکھ رہا تھا۔ شمع نے پیالی اٹھا کر کوفی کا ایک گھونٹ لیا لیکن اس کی پلکیں بدستور جھکی رہیں۔

''تم نے میری بات کا جواب نہیں دیا۔ وہ میز پر تھوڑا جھک گیا میں بہت سیر یسلی کہہ رہا ہوں۔ میں تم سے شادی کرنا چاہتا ہوں۔''

جمال نے شمع سے کل بھی یہی بات کہی تھی۔ لیکن شمع نے کوئی جواب نہیں دیا تھا۔ صرف جھرجھری لے کر رہ گئی تھی۔ جمال کی خواہش کو سُن کر وہ خوفزدہ ہو گئی تھی۔ شادی کے اس تصور ہی سے اُسے بخار سا ہو جاتا تھا۔ جسے ساری دنیا کی عورتیں تحفظ سمجھتی ہیں۔'' بابا کو اگر پتہ چل گیا کہ ایک مسلمان لڑکے سے وہ شادی کرنا چاہتی ہے تو...... سوچ کر ہی وہ کانپ جاتی تھی۔ دو برس قبل جمال سے اس کی ملاقات ایک فوٹو گرافی ایکزی بیشن میں ہوئی تھی۔ جسے تین امیچر فوٹو گرافرز نے مل کر ترتیب دیا تھا۔ شمع کو ایک تصویر بے حد پسند آئی تھی۔ جس کا عنوان تھا۔ ''زندگی'' جس میں ایک سی گل کو سمندر کی بپھری موجوں سے کچھ اوپر پرواز کرتے دکھایا گیا تھا۔

شمع نے جب ایگزی بیشن کے ناظم سے اس فوٹو گرافر کے بارے میں پچھا۔ تو اس نے چشمہ لگائے ایک سانولے سے نوجوان کی طرف اشارہ کیا تھا جس نے ایک ڈھیلی ڈھالی شرٹ اور جینز پہن رکھی تھی۔ وہ ایک عورت سے ہنس ہنس کر باتیں کر رہا تھا۔ جمال کو ایک عمدہ تصویر پر مبارک باد

دینے کا خیال ترک کر کے وہ جب گیلری کی سیڑھیاں اترنے لگی تب اس نے سوچا کہ یہ فنکار کی ناقدری ہے۔ وہ لوٹ کر اکیوی بیشن ہال میں آگئی تھی۔ اوراس عورت کے جانے کا انتظار کرنے لگی تھی۔ جو اپنی سوتی ساڑی سلیولیس بلاؤز اور ہینڈلوم کے جھولے کی وجہ سے کوئی آرکیٹیکٹ معلوم ہو رہی تھی۔ اس عورت کے چلے جانے کے بعد شمع نے جمال کے قریب جا کر اپنا تعارف کراتے ہوئے تصویر کی تعریف کی تھی۔ دوران گفتگو اس نے بتا دیا تھا کہ وہ جے جے اسکول آف آرٹس میں انسٹرکٹر ہے اور ملازمت کا یہ اس کا پہلا سال ہے۔ دوسرے روز جمال نے جے جے اسکول میں جا کر شمع کو وہی تصویر تحفے میں پیش کی تھی۔ دونوں کی رسمی ملاقاتیں دوستی اور دوستی جلد ہی محبت میں بدل گئی تھی۔

''جماؔل اگربتیاں کہاں ہیں۔؟'' جماؔل نے گردن گھما کر دیکھا اس کا فوٹو گرافر دوست منوج تھا۔ جمال نے وال کیبنٹ سے اگربتی کا پیکٹ نکال کر منوج کو دیا۔ منوج نے اگربتیاں شیشے کے ایک گلاس میں ڈال کر شمع کے سرہانے سلگا کر رکھ دیں۔ دھواں دھیرے دھیرے بل کھاتا ہوا فضا میں ایسے تحلیل ہونے لگا جیسے کمرے کے بوجھل ماحول سے وہ بھی افسردہ ہو۔ منوج نے جمال کے قریب آکر اسے کے کندھے پر ہاتھ رکھتے ہوئے پوچھا۔'' کیا تم نے اپنی ڈیڈی کو خبر کر دی ہے؟ جمال نے اثبات میں سر ہلایا، اور شمع کے بابا کو؟ جمال نے سر جھکا دیا۔ شمع کے بابا کو اس نے دادر ہندو کالونی میں خود جا کر خبر دی تھی۔ اُنہوں نے شمع کی موت کی خبر ایک سنگین خاموشی کے ساتھ سنی تھی۔ اور اُس کے گھر سے باہر نکلتے ہی دروازہ بند کر لیا تھا۔

''شمع اور میں شادی کرنا چاہتے ہیں۔'' جمال کے اِس جملے پر شمع کے بابا نے اپنے جنیوں میں انگوٹھا ڈال کر اسے دوبار اوپر نیچے کیا۔ اور پھر موٹے چشمے کے پیچھے سے اُسے گھورتے ہوئے بولے تھے'' تم جانتے ہو، ہم لوگ پونیری برہمن ہیں۔ میرے پتاجی پونے میں اس عمر میں بھی جنم لگن اور مرتیو۔ کی رسمیں کرتے ہیں۔ اور تم ایک مانساہاری مسلمان...... جمال اس سوال کے لیے پہلے ہی سے تیار تھا۔ اس نے فوراً کہا میں دھرم بدل لوں گا۔ جمال کے اس جواب نے کچن میں

ماں کے ساتھ چھپ کر دونوں کی باتیں سُن رہی شمع کے دل کے بوجھ کو کم کر دیا۔

''کوئی بھی غیر ہندو ہندو نہیں بن سکتا۔''

''اور اگر میں آریہ سماجی طریقے سے ہندو بن جاؤں کیا تب بھی آپ مجھے سویکار نہیں کریں گے؟''

نہیں کبھی نہیں'' بابا نے سخت لہجے میں جواب دیا۔'' کون کس دھرم میں پیدا ہوگا۔ایشور کی اچھا سے ہوتا ہے۔انسان کی مرضی سے نہیں سمجھے۔''

دورانِ گفتگو شمع کی ماں نے جمال کے لیے اپنی چھوٹی بیٹی کے ہاتھ سے جب اسٹیل کے گلاس میں پانی بھجوایا۔تو بابا نے بڑی ملائمت سے لڑکی سے کہا۔''شیشے کے گلاس میں پانی لاؤ جمال پانی پیے بغیر ہی وہاں سے اُٹھ کر چلا آیا تھا۔دوسرے روز جمال کو شمع نے بتایا کہ اس کے چلے جانے کے بعد اسے پہلی بار پتہ چلا کہ بابا مسلمانوں کو ناپسند کرتے ہیں۔وہ کہہ رہے تھے۔''اگر کسی مہار کے ساتھ بھی بھاگ جائے تو مجھے اتنا دکھ نہیں ہوگا جتنا ایک ملیچھ کے ساتھ شادی کرنے سے ہوگا۔'' کہتے ہوئے شمع رو پڑی تھی۔ میں تمہیں چاہتی ہوں جمی۔'' ہچکیوں سے اس کے کندھے۔ ہلنے لگے تھے۔

اسی روز جمال نے اپنی والدہ کو شمع کے بارے میں بتا دیا تھا۔وہ کچھ دیر تک خاموشی سے اپنے جوان بیٹے کے اتنے بڑے ارادے پر غور کرتی رہیں۔ پھر کہا۔''اگر وہ مسلمان ہو جاتی تو میرے خیال میں تمہارے ابو کو کوئی اعتراض نہیں ہوگا۔'' جمال دس بارہ دنوں تک شمع سے روز ہی ملتا رہا لیکن مذہب تبدیل کرنے کی تجویز اُس کے سامنے رکھنے کی ہمت وہ اپنے میں مجتمع نہیں کر پا رہا تھا۔ایک روز سما دار یسٹورنٹ میں جمال نے کھانے کے لئے شمع کو پوچھا تو اس نے یاد دلایا کہ آج اس کا منگل وار کا برت ہے۔ وہ صرف لیمو پانی لے گی۔ جمال نے کوفی ختم کر لی لیکن وہ اپنا منشا بیان نہ کر سکا۔شمع نے لیمو پانی کے گلاس پر اُبھر آنے والے ابخرات کی بوندوں کو انگلی سے پھیلاتے ہوئے کہا۔''میرے بابا تمہارے ہندو ہو جانے کے بعد بھی تمہیں سویکار کرنے کیلئے تیار

نہیں ہیں۔تو میں نے بھی فیصلہ کرلیا ہے کہ میں مسلمان ہو جاتی ہوں۔"

وہ سوچ بھی نہیں سکتا تھا کہ شمع اتنا بڑا فیصلہ اتنی جلدی کرلے گی۔شمع نے ایک روز خاموشی سے بدن کے کپڑوں کے ساتھ گھر اور مذہب دونوں کو چھوڑ دیا۔جامع مسجد میں کلمہ پڑھ کر وہ شمع کلکرنی سے شمع جمال ہوگئی۔مسجد ہی میں جمال اور شمع کا نکاح ہوا تھا۔

جمال کی بڑی بہن نے کمرے میں شمع کے مردہ جسم کو دیکھتے ہی ایک دبی دبی چیخ ماری۔اور جمال سے لپٹ کر رونے لگیں۔جمال کی آنکھیں خشک تھیں اسے ایسا محسوس ہورہا تھا جیسے سینے میں کوئی وزنی پتھر رکھا ہوا ہو۔

"یہ کیسے ہوگیا جمال؟......وہ روتی جاتی تھی اور کہتی جاتی تھی۔

"خدا کو یہی منظور تھا باجی،حوصلہ رکھیے۔"

بڑی بہن نے دوپٹے سے آنکھیں خشک کرکے اپنی والدہ کواور والہ کی بابت دریافت کیا۔کہ وہ اب تک کیوں نہیں پہنچے۔پھر اس نے مراٹھی ترجمہ والے قرآن کو کپ بورڈ سے اُتار کر شمع کے قریب بیٹھ کر دھیمی آواز میں تلاوت کرنے لگی۔شمع عربی تو نہیں پڑھ سکی تھی۔البتہ کبھی کبھار قرآن کا مراٹھی ترجمہ ضرور پڑھ لیا کرتی تھی۔

جمال کو اس درمیان لنٹاس ایڈورٹائزنگ ایجنسی میں سینئر فوٹوگرافر کا جاب مل گیا تھا۔ایجنسی نے ہی اسے بوریولی میں سنگل روم کا ایک فلیٹ بھی الاٹ کردیا تھا۔جو میاں بیوی کے لئے کافی تھا۔وہ اس فلیٹ میں شمع کے ساتھ منتقل ہوگیا تھا۔لیکن ہفتے کے روز دونوں محمد علی روڈ جمال کے والد کے مکان پر ضرور جاتے تھے شمع نے ایک روز سوچا کہ اتنا عرصہ گزر چکا ہے۔بابا نہ سہی آئی (ماں) نے تو اس کو معاف کردیا ہوگا،وہ جمال کو بتائے بغیر کالج سے فارغ ہوکر دادر ہندو کالونی پہنچ گئی۔وہ دروازے پر کھڑی بیل بجاتی رہ گئی لیکن کسی نے دروازہ نہیں کھولا شاید آئی ہول سے اُسے دیکھ لینے کے بعد ایسا کیا ہو۔اُس کے بعد اُس نے پھر کبھی ماں کی دہلیز کا رخ نہیں کیا۔

شمع نے خود کو جمال کے گھر کی تہذیب کے مطابق ڈھالنے کی پوری کوشش کی تھی۔رمضان

کے روزے اس نے پہلی بار رکھے۔ لیکن منگل وار کے برت کا اس کا معمول برقرار رہا۔ جمال جب تک گھر نہیں آ جاتا۔ وہ کھانا نہیں کھاتی تھی۔ اس نے یہ عادت اپنی آئی سے پائی تھی۔ آئی کہا کرتی تھی پتی پر میشور ہوتا ہے پتنی کو اس سے پہلے کھانا نہیں کھانا چاہئے۔ جمال نے اسے کئی بار سمجھایا کہ ان کے یہاں اس قسم کی کوئی تہذیب نہیں ہے۔ اسے وقت پر کھالینا چاہئے۔ لیکن وہ ہمیشہ ہنس کر ٹال جاتی۔ لوگ کہتے ہیں کہ محبوبہ بیوی بنتی ہے تو اس میں پہلے جیسی کشش نہیں رہ جاتی۔ لیکن شادی کے بعد بھی دونوں کی محبت میں نہ صرف شدّت آ گئی تھی بلکہ دونوں ایک دوسرے کے بغیر ادھورا خود کو محسوس کرتے تھے۔

کمرے میں شمع کے بے جان جسم کے قریب ہی باجی اور کچھ دوسری رشتے دار عورتیں اور بچیاں قرآن کی تلاوت کر رہی تھیں۔ ابو اور امی بھی پہنچ گئے تھے۔ امی تو شاید راستے بھر روتی رہی تھیں۔ اُن کی آنکھیں سوجی ہوئی تھیں۔ انہوں نے آتے ہی جمال کو سینے سے لگا کر بھینچ لیا۔ جیسے اُس کے سینے کا سارا درد اپنے کلیجے میں اُتار لینا چاہتی ہوں۔ تب بھی اُس کی آنکھیں خشک ہی رہیں۔

''بیٹے غسالہ کو میں نے خبر کر دی ہے۔ وہ بس آتی ہی ہوگی۔ انہوں نے اپنی آنکھوں کو پوچھتے ہوئے کہا۔ ابو دروازے کے قریب سوسائٹی کے دوسرے لوگوں کے ساتھ کھڑے ہوئے اپنی بہو کی ملنساری اور سگھڑ پن کی تعریفیں کر رہے تھے۔'' رمضان کے مہینے میں بہو نے سارے روزے رکھے اور پانچوں وقت نماز ادا کی کوئی کہہ ہی نہیں سکتا تھا کہ وہ غیر قوم سے آئی ہے۔ میت میں آنے والے بھی مرحومہ کی انھیں صفات پر تعریفی کلمات ادا کر رہے تھے۔

گذشتہ ایک مہینے سے شمع کی طبیعت خراب رہنے لگی تھی ڈاکٹر نے یرقان تشخیص کیا تھا۔ بیماری کے سنگین نتائج بھی نکل سکتے ہیں یہ بھی تنبیہہ کر دی تھی۔ کیونکہ شمع امید سے تھی۔ جمال نے کبھی سوچا بھی نہ تھا اس کی یہ بیماری اتنی خطرناک ثابت ہوگی۔ ورنہ وہ دفتر سے چھٹی لے کر خود ہی اس کی نگہداشت کرتا۔ یہی سبب تھا کہ اس نے بیماری کے دنوں میں بھی شمع کو منگل وار کا برت رکھنے سے نہیں روکا۔ دو تین روز قبل شمع کو دن میں چار پانچ قے ہوئی تو وہ روہانسی ہوگئی، اس نے جمال

سے کہا'' دیوالی میں میں اپنے بابا اور آئی کا آشیرواد لینے نہیں گئی تھی نا شاید اسی کا شاپ ہے۔'' جمال نے اس بات پر اُسے محبت بھری ڈانٹ پلائی تھی کہ وہ پڑھی لکھی ہو کر اس طرح کے وہم رکھتی ہے۔ اس نے کہا تھا۔'' وہم ہے یا حقیقت میں نہیں جانتی لیکن پُنر جنم میں میرا وشواس ضرور ہے میری اوپر والے سے یہی پرارتھنا ہے کہ دوسرے جنم میں بھی وہ مجھے تمہاری ہی پتنی بنائے۔'' اس جملے پر جمال نے بے اختیار بخار سے گرم اس کی پیشانی چوم لی تھی۔

کل رات اچانک ہی شمع کی طبیعت بگڑ گئی۔ ڈاکٹر کو بلوایا گیا۔ ڈاکٹر نے انجکشن اور دوائیں دے کر اس خدشے کا اظہار ضرور کر دیا تھا کہ یرقان اپنے آخری اسٹیج پر ہے اس لیے شمع کو کل سویرے ہی کسی اچھے اسپتال میں داخل کروانا بہت ضروری ہے۔ جمال نے آنکھوں میں ہی ساری رات کاٹ دی تھی انجکشن کی وجہ سے شمع گہری نیند ضرور سوئی لیکن صبح جاگنے کے بعد اسکی حالت پھر بگڑ گئی۔ شمع کی ایسی حالت دیکھ کر جمال بری طرح نروس ہو گیا تھا۔ اس نے ڈاکٹر کو فون کیا لیکن ڈاکٹر کے آنے سے پہلے ہی شمع بجھ گئی تھی۔

'' بیٹے تمام لوگ آچکے ہیں۔ غسالہ نے میت کو غسل تک دے دیا ہے۔ ابو جمال کو قریب بلا کر بولے۔ دفن کے لیے کیا سوچا ہے مغرب بعد یا عشاء بعد؟

انہیں جواب دینے کے بجائے جمال شمع کی لاش کو دیکھنے لگا۔ جسے غسل کے بعد کفن پہنا کر دیدار کے لئے رکھا گیا تھا۔ غسل کے بعد چہرہ اب اور نکھر آیا تھا۔ اُسے لگا جیسے وہ ابھی اُٹھ کر کہے گی۔'' ارے مجھے جگایا کیوں نہیں؟'' اور اکثر چھٹی کے روز جمال پہلے اُٹھ جاتا تو خود ہی چائے بنا کر پی لیتا۔ شمع کو گہری نیند سے جگانے میں اسے اس لیے تکلف ہوتا تھا کہ وہ ہفتہ کے چھ روز بڑے سویرے اٹھ کر گھر کے کام کاج میں جٹ جاتی تھی اُسے دفتر بھیجنے اور کالج جانے کی تیاری میں کافی وقت لگتا تھا اس لیے عام دنوں میں صبح سویرے اُٹھنا اس کی مجبوری تھی۔

مہرہ صاحب نے کہا ہے کہ ایجنسی کی طرف سے شمع کی ایک OBITUARY ٹائمز آف انڈیا۔ میں دی جائے۔''

منوج نے ایک کاغذ اس کی طرف بڑھاتے ہوئے کہا۔

جمال نے کاغذ پر نظر ڈالی۔

شمع جمال

تاریخ پیدائش: ۱۸راپریل بروز بدھ ۱۹۶۸ء

تاریخ وفات: ۱۲رجون روز منگل ۱۹۹۵ء

جمال کی نگاہ تاریخ وفات پر آ کر ٹھہر گئی۔ اوہ آج منگل وار ہے۔ شمع کے برت کا دن! شمع نے اُسے بتلایا تھا کہ ہر منگل وار کو گنیش جی کا برت میں جب سے ہوش سنبھالا ہے تب سے رکھ رہی ہوں۔ کبھی ناغہ نہیں کیا۔ اس نے بڑے فخر سے کہا تھا شمع کی آواز کی بازگشت دیر تک جمال کی سماعت میں جاری رہی۔

''جمال میاں تم نے بتایا نہیں تدفین کب ہوگی۔'' ابو نے دوبارہ اسے یاد دلایا۔ جمال نے نم آنکھوں سے شمع کی لاش کی طرف دیکھا۔ سرہانے اگر بتیاں سلگ رہی تھیں۔ دھوئیں کی نیلی گاڑھی لکیریں فضا میں دھیرے دھیرے رینگ رہی تھیں اماں اور باجی تلاوت کر رہی تھیں۔

''شمع کو قبرستان میں نہیں شمشان لے جانا ہے۔''

''ہیں!! جمال کے اس جواب پر ابو کا منھ کھلا کا کھلا رہ گیا۔ چند ثانیوں تک وہ بیٹے کے چہرے کو دیکھتے رہے۔ جو فرط جذبات سے لرز رہا تھا۔ پھر انہوں نے شمع کی لاش کو غور سے دیکھا۔ اور غصے سے لرزتی ہوئی آواز میں پوچھا۔ کیا یہ اس کی اپنی خواہش تھی؟''

''نہیں۔ اس کے اور میرے درمیان اس موضوع پر کبھی بات نہیں ہوئی اور پھر اتنی جلدی یہ کچھ ہو جائے گا ہم نے کبھی سوچا تک نہ تھا۔''

''دیکھو میاں وہ مسلمان ہو چکی تھی۔ اس نے کلمہ پڑھا تھا.....'' ابو دانتوں کو بھینچ کر سخت لیکن دھیمی آواز میں بولے۔'' اس نے میرے مذہب سے متاثر ہو کر اپنا مذہب نہیں بدلا تھا۔ مجھے حاصل کرنے کے لئے اس نے مذہب تبدیل کرنے کی رسم ادا کی تھی۔''

''تم کہنا کیا چاہتے ہو؟'' ابو کی آواز غصے سے بلند ہوگئی۔ کمرے اور راہداری میں موجود تمام لوگ چونک کر انکی طرف دیکھنے لگے۔

میں کہہ چکا ہوں جو مجھے کہنا ہے میں اس کی آتما کو سکون پہنچانا چاہتا ہوں۔''

''کیا جلانے سے اس کی آتما کو سکون مل جائے گا۔'' ان کا لہجہ اتنا ہی تیز اور تلخ تھا کہ امی اور باجی کلام مجید رحل پر بند کر کے باپ بیٹے کے قریب چلی آئیں۔

''ابو ذرا سوچئے شمع نے میرے لیے مذہب بدل دیا تو میں اس کی آتما کو سکون پہنچانے کے لیے اتنا بھی نہیں کرسکتا۔''

امی اور باجی نے اسے خدا کا واسطہ دے دے کر سمجھانے کی بہت کوشش کی۔ لیکن اس کا ایک ہی جواب تھا۔ ''شمع کی آتما کو داہ سنسکار سے ہی سکون ملے گا۔''

ابو زیادہ دیر برداشت نہ کرسکے اور امی کا ہاتھ پکڑ کر کھینچتے ہوئے سیڑھیوں سے دھم دھم کرتے ہوئے اتر گئے باجی کچھ لمحوں تک اس کا منہ تکتی رہیں۔ پھر شمع کے بے جان چہرے پر ایک نظر ڈال کر برقعہ پہنتے ہوئے وہ بھی چلی گئیں۔ ایک ایک کر کے سارے رشتے دار، اور شناسا اپنی خشمگین نگاہوں کی حدت کو کمرے میں چھوڑ کر چلے گئے۔ کمرے میں اب صرف اگربتیوں کا دھواں اذیت ناک خاموشی کے ساتھ لپٹ کر گریہ کر رہا تھا۔

منوج کی دستک پر دروازہ کھلا سامنے شمع کے بابا کھڑے تھے۔ ان کے پیچھے آئی منہ میں پلو دیئے ایسے کھڑی تھیں جیسے رو پڑیں گی۔ بجھے ہوئے چہرے اور دھندلی آنکھوں سے انہوں نے جمال کو شاکی نظروں سے دیکھا۔ جمال نے پیتل کی ایک چھوٹی سی کلسی جس کے منہ پر سرخ کپڑا بندھا تھا۔ بابا کی طرف بڑھاتے ہوئے کہا میں آپ کی بیٹی کو لوٹانے آیا ہوں۔''

بابا نے کلسی کی طرف کانپتے ہوئے ہاتھ بڑھایا۔ آئی دونوں ہاتھوں کو منہ پر رکھ کر پھوٹ پھوٹ کر رو پڑیں اور جمال کی آنکھوں میں ٹھہرا ہوا آنسوؤں کا سیلاب بہہ نکلا۔

☆☆